共和国故事

高原天路
——康藏公路建成通车

张学亮 编写

吉林出版集团股份有限公司

图书在版编目（CIP）数据

高原天路：康藏公路建成通车/张学亮编. ——长春：吉林出版集团股份有限公司，2009.12

（共和国故事）

ISBN 978-7-5463-1749-6

Ⅰ.①高… Ⅱ.①张… Ⅲ.①纪实文学－中国－当代 Ⅳ.①I25

中国版本图书馆 CIP 数据核字（2009）第 237717 号

高原天路——康藏公路建成通车
GAOYUAN TIANLU　KANGZANG GONGLU JIANCHENG TONGCHE

编写　张学亮

责任编辑　祖航　李娇　王贝尔

出版发行　吉林出版集团股份有限公司

印刷　三河市嵩川印刷有限公司

版次	2010 年 1 月第 1 版		2022 年 1 月第 9 次印刷
开本	710mm×1000mm　1/16	印张	8　字数　69 千
书号	ISBN 978-7-5463-1749-6	定价	29.80 元

社址　吉林省长春市福祉大路 5788 号

电话　0431-81629968

电子邮箱　tuzi8818@126.com

版权所有　翻印必究

如有印装质量问题，请寄本社退换

前　言

自 1949 年 10 月 1 日中华人民共和国成立至今,新中国已走过了 60 年的风雨历程。历史是一面镜子,我们可以从多视角、多侧面对其进行解读。然而有一点是可以肯定的,那就是,半个多世纪以来,在中国共产党的领导下,中国的政治、经济、军事、外交、文化、教育、科技、社会、民生等领域,都发生了深刻的变化,中国人民站起来了,中华民族已屹立于世界民族之林。

60 年是短暂的,但这 60 年带给中国的却是极不平凡的。60 年的神州大地经历了沧桑巨变。从开国大典到 60 年国庆盛典,从经济战线上的三大战役到经济总量居世界第三位,从对农业、手工业、资本主义工商业的三大改造到社会主义市场经济体制的基本确立,从宜将剩勇追穷寇到建立了强大的国防军,从废除一切不平等条约到独立自主的和平外交政策,从"双百"方针到体制改革后的文化事业欣欣向荣,从扫除文盲到实施科教兴国战略建设新型国家,从翻身解放到实现小康社会,凡此种种,中国人民在每个领域无不留下发展的足迹,写就不朽的诗篇。

60 年的时间在历史的长河中可谓沧海一粟。其间究竟发生了些什么,怎样发生的,过程怎样,结果如何,却非人人都清楚知道的。对此,亲身经历者或可鲜活如昨,但对后来者来说却可能只是一个概念,对某段历史的记忆影像或不存在,或是模糊的。基于此,为了让年轻人,特别是青少年永远铭记共和国这段不朽的历史,我们推出了这套《共和国故事》。

《共和国故事》虽为故事,但却与戏说无关,我们不过是想借助通俗、富于感染力的文字记录这段历史。在丛书的谋篇布局上,我们尽量选取各个时代具有代表性或深具普遍意义的若干事件加以叙述,使其能反映共和国发展的全景和脉络。为了使题目的设置不至于因大而空,我们着眼于每一重大历史事件的缘起、过程、结局、时间、地点、人物等,抓住点滴和些许小事,力求通透。

历史是复杂的,事态的发展因素也是多方面的。由于叙述者的视角、文化构成不同,对事件的认知或有不足,但这不会影响我们对整个历史事件的判断和思考,至于它能否清晰地表达出我们编辑这套书的本意,那只能交给读者去评判了。

这套丛书可谓是一部书写红色记忆的读物,它对于了解共和国的历史、中国共产党的英明领导和中国人民的伟大实践都是不可或缺的。同时,这套丛书又是一套普及性读物,既针对重点阅读人群,也适宜在全民中推广。相信它必将在我国开展的全民阅读活动中发挥大的作用,成为装备中小学图书馆、农家书屋、社区书屋、机关及企事业单位职工图书室、连队图书室等的重点选择对象。

编　者
2010年1月

目录

一、中央决策与规划
贺龙、邓小平给中央写报告/002
毛泽东说一面进军一面修路/006
贺龙组建公路修建司令部/011
贺龙提议公路走南线/014
毛泽东批准公路走南线/017

二、公路踏勘与测量
余炯奉命成立踏勘队/020
余炯率队踏勘大北线/026
踏勘则拉宗至拉萨线路/031
小分队踏勘小北路/035
司令部召开昌都会议/038
刘扬勋率队踏勘南线/043

三、修路架桥与施工
十二团首战二郎山/050
十二团再战折多山/056
十二团在塔公寺架木桥/060
十二团雀儿山上修公路/063

目 录

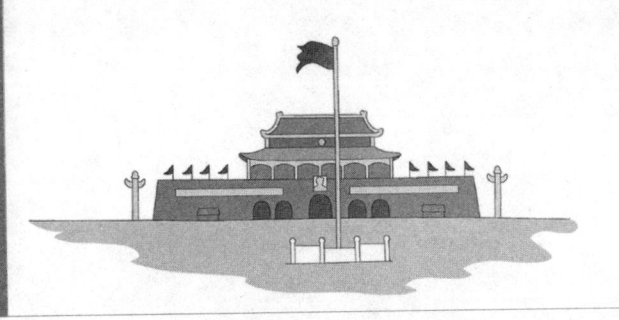

军民携手西线筑路/069
五十二师战胜怒江天险/076
五十三师征服然乌沟/082
康藏公路通过波密/090
两线筑路大军会师巴河/100
穰明德指挥架设拉萨大桥/105

四、全线通车运营

康藏公路胜利修到拉萨/110
毛泽东授予筑路人员锦旗/113
社会各界著文赞通车/115

一、中央决策与规划

- 贺龙说:"我们已着手编成三个工兵团,稍加训练准备后,即可开去修路。"

- 穰明德卷起袖子,狠劲地把手一挥说:"贺老总!1954年底汽车通不到拉萨,我把头拿下来见你!"

贺龙、邓小平给中央写报告

1950年2月2日,中共中央、中央军委发出关于进军西藏的第一个指示。

指示说:

> 以西南局和第二野战军为主,在西北局和第一野战军配合下,于4月开始组织向西藏进军,10月前占领全藏。
>
> 进藏部队到西藏后,要认真执行党的民族政策、宗教政策并做好统一战线工作,要争取上层,影响和团结群众,保护爱国守法的喇嘛寺庙,尊重宗教信仰自由和风俗习惯,亲密团结这个民族,争取团结一切可以团结的爱国力量,集中打击帝国主义及其忠实走狗——亲帝分裂主义分子。

那还是在1月10日,贺龙向毛泽东、中央军委以及邓小平、刘伯承写了一份《康藏情况报告》,为进军西藏制定方针政策和战略部署提供依据。这份报告对进藏路线的选择、康藏军队的情况、康藏的气候特征以及宗教情况等方面做了详细报告。

关于进军路线，贺龙指出有三条线路可供选择：一是由打箭炉经甘孜、德格、昌都、嘉黎至拉萨；二是由昌都至思达西北，经类乌齐、德庆、萨尔松多、索克宗至黑河，再向拉萨；三是由甘孜至玉树西行，至唐古拉、黑河到拉萨。

贺龙还指出了这三条路线各自的难易。贺龙最后说：

路线的选定，还需进一步研究，但无论走哪一条，均需以甘孜为补给线。甘孜至打箭炉有旧公路基，可以修复通车。我们已着手编成三个工兵团，稍加训练准备后，即可开去修路。

2月的一天，西南局召开第一次全体会议，研究和决定西南地区面临的许多重大问题。

在讨论进军西藏问题时，贺龙作了主要发言。他说：

从已了解到的情况看，有两个问题最困难：第一个是运输问题。这要比用兵困难好多倍。地是冰冻的，雪很厚，卡车很难进去，好卡车每小时只能走5公里。修路又需有特别的工具，因为路比崖还坚硬。路修不起来，运输就很难解决。因此，对修路及运输要有一个长远计划。据了解，西藏还有帝国主义势力，故兵还是要多去点，但要精。电影队、剧团等可以慢点去。

多路进军也是一个办法，可能比较容易些。
……

在听了贺龙的发言和会上讨论的意见后，邓小平说：

政治重于军事，补给重于战斗……必须解决补给之公路。

邓小平的发言准确地反映了进军西藏的特点和工作方向，成为整个进军西藏这一伟大斗争的指导方针。

邓小平、刘伯承、贺龙决定，进藏部队为1个军，任务交给了由张国华率领的第十八军，并决定立即成立进军西藏支援司令部，统一领导进藏部队的后勤保障工作。这个司令部统辖7个工兵团，10个辎重团和1个空军运输大队。

3月14日，第十八军成立了前进指挥所和先遣支队。25日，在乐山召开了动员誓师大会，正式向西藏进军！

3月29日，十八军进藏先遣部队自四川乐山出发，走了1个月才到达甘孜，但携带的粮食全部吃完了。部队坚决执行中央"进军西藏，不吃地方"的指示，不向当地摊派征购，仅靠自己挖野菜、捕麻雀、捉地老鼠充饥，坚持了1个多月。

十八军4月份到达西康的甘孜，便被困在那儿了。由于修路进度缓慢，空军的试飞又未成功，先遣队供应困难，发生了粮荒。每人每天只能吃到很少的粮食。

到了5月6日，空军试飞空投成功，这给进藏部队带来了喜讯，盼望空军能把他们的给养源源不断地送来。

可是，支前司令部的空运大队只有两架飞机，根本无法保证先遣支队的粮食供应。

贺龙心里十分着急，他对邓小平说："政委同志啊，你说怎么办啊？"

邓小平笑着说："老总，你向中央军委去要飞机嘛！"

贺龙点头说："对，向毛主席伸手去。"

贺龙立即以邓小平和他的名义给毛泽东、中央军委写了个报告：

> 为了保证9月份在甘孜囤积150万公斤粮食，准备昌都作战，必须加强空运力量，请中央考虑。

毛泽东说一面进军一面修路

1950年4月1日,毛泽东打电报给邓小平与贺龙,他在电报中指示:

一面进军,一面修路。

其实,毛泽东接到贺龙送来的报告后,立即批准购买一批运输机,用以空投进藏物资。并指示,部队走到哪里,路就要修到哪里,各种物资也要运到哪里。这样,才能保证万无一失。他还指示:

一面进军,一面生产、建设。

后来,毛泽东又亲笔手书一条幅:

为了帮助各兄弟民族,不怕困难,努力筑路!

毛泽东将这幅题词送给进藏的先遣部队中国人民解放军第十八军,并把修建进藏公路列为建国初期的重要工程项目。

邓小平收到毛泽东打来的电报，对贺龙说："我的老总，主席让我们修路，不要光靠飞机喽！"

贺龙看了电报也笑了，他说："一面进军，一面修路。怎么办？我只好执行喽！"

其实，在进军西藏之前，中央高层决策者们就预见到了会出现各种情况，并作出了明确的指示，采取了积极的措施，决心修筑公路就是其中最主要的一条。

周恩来曾在一次讲话中说：

> 经济发达的汉族地区要帮助经济落后的少数民族地区。

朱德曾批示：

> 军民一致，战胜天险，克服困难，打通康藏交通，为完成巩固国防、繁荣经济的光荣任务而奋斗！……飞机、公路不断运送，可壮士气。

中央财经委员会主任陈云也批示：

> 入藏军事紧迫，公路经费不能按常规手续办理，同意先拨款后报告的意见。

西南军政委员会主席刘伯承也指出：

> 要保证和平解放西藏，关键问题是交通运输。从某种意义来说，修路、运输比打仗还重要。……保卫好边防，搞好交通运输建设具有战略意义。因此，在进军的同时，要用很大的力量去筑路。

西藏军区司令员张国华说：“藏胞生活的改善是靠运输，没有公路就没有国防，西藏要起根本变化，全要等公路修通。”

西南军政委员会交通部副部长穰明德说：“在战争中，公路是炸不烂的运输线。”穰明德还特别说到西藏问题，他说：“公路不通之地，等于没有解放，我方人员等于受流放之刑！”

于是，进藏先遣部队便积极准备修筑公路。在修路动员大会上，一个连队的指导员讲：“巩固国防不是让你端着冲锋枪，军装穿得整整齐齐的，往山顶上一站就行了，那只是个警戒。要巩固国防，就要修公路。”

另一位副指导员说：“把公路修到了拉萨，国防公路才算有了身子，你还得叫它伸伸胳膊。”

有个战士形容说：“国防好比大碉堡，公路就是交通壕。”

还有个战士说：“我看见藏胞得了病无法医治，心里很难过，一直记着这件事。要是不修公路，就是在西藏住到老死也建设不好西藏。"

又一个战士说："公路要是修不通，别说开山机，老母鸡也来不了。"

从中央到地方都认识到修筑公路的重要性。大家都深刻意识到，西藏的资源是十分丰富的，这里有埋藏在地下的大量煤、铁、铜、锌及各种稀有贵重金属，有绵延不断的原始森林，有用之不竭的强大水利资源，有盛产在星罗棋布的湖泊中的盐、碱和硼砂，还有繁殖在辽阔草原上的无数牛羊。

但是，由于交通阻塞，经济不发达，这些资源没有得到很好的开发和利用，使得广大西藏人民群众生活很困难。

在旧社会的西藏，一切运输全靠人背畜驮，连一颗铁钉、一根火柴都生产不了，毫无工业可言。农牧业生产方式也极为原始。要让广大西藏人民群众真正获得解放，摆脱长期极端贫困落后的面貌，改善人民群众的物质文化生活，就首先必须解决交通运输的问题。

而且，在近百年来，西藏的边防松弛，不断受到帝国主义的侵略。

解放西藏，巩固国防，势在必行。但是，没有畅通的道路与祖国内地相通，就会失去后勤供应的保证，国防也就难以巩固。

1951年5月23日，中央与西藏地方政府在北京签订

《中央人民政府和西藏地方政府关于和平解放西藏办法的协议》，即"十七条协议"。

为了执行协议，进藏部队先遣支队于9月9日到达拉萨。由于距离内地更为遥远，既不通车，又不通航，部队再一次陷入供应极端困难的境地。

当时，西藏反动农奴主的代表人物鲁康娃幸灾乐祸地说："在昌都我们打了败仗。现在饿肚子比打败仗更难受。"他还宣称："解放军不走，饿也要把他们饿走！"

贺龙组建公路修建司令部

1951年夏，贺龙在重庆主持筑路会议，研究修建从昌都到拉萨的公路。

贺龙说：

> 修筑康藏公路，难度之大，不仅在我国筑路史上，而且在世界筑路史上都是空前的。我们解放西藏，就要帮助西藏人民进行建设。而要建设，没有公路是很难想象的。所以，这条康藏公路不但坚决要修，而且一定要在1954年把汽车开到拉萨。

会后，贺龙当即着手组建康藏公路修建司令部。贺龙决定，由第十八军后方部队司令员陈明义兼修建司令部司令员，西南军政委员会交通部部长穰明德兼政治委员。

贺龙又指示云南省军区滇西援藏司令部，组织部队和1.7万人的民工，抢修大理到中甸的公路，以便使云南省军区进藏部队迅速开进。

在贺龙的领导下，到10月份，已修筑公路750公里，真正做到了"一面进军，一面修路"。

随着公路的不断延伸，十八军陆续从四川开抵金沙江东岸的巴塘一带。

贺龙指示，飞机、汽车、马车齐上阵，将上万吨的物资运到甘孜。

9月下旬，康藏公路修建司令部司令陈明义、政委穰明德到重庆面见贺龙。

陈明义等到达重庆第二天，贺龙就接见了他们。

这时，邓小平已调到了中央，由贺龙主持中共中央西南局、西南军政委员会和西南军区的工作。

当陈明义、穰明德等刚走进客厅，贺龙就含笑迎了出来，亲切地和大家一一握手，然后端起茶几上的一盘香蕉说："你们在康藏高原，吃水果不容易，来，打个牙祭吧！"

大家都笑了，不客气地吃了起来，一面吃着，一面汇报修路工作。

陈明义汇报道："运输困难，粮食运不上去，战士们只好挖地老鼠和野菜充饥。"

贺龙感慨地说："这和长征一样啊！"

陈明义又说："战士们在雨雪天里修路，方块雨布帐篷漏雪，战士们的被子都湿透了。"

贺龙皱起眉头，他叫秘书陈梦环记下，并说："叫后勤部给筑路部队特制布帐篷，补发雨衣。"

陈明义接着汇报说："战士们因为常年在高原战斗生活，吃不上蔬菜，高山缺氧、缺乏维生素C，好多人指甲盖凹陷，有的还患上了夜盲症。"

贺龙站起来，在室内不安地踱来踱去。他思索了一阵后，停住脚，对陈明义说："立即派人到上海买维生素C、鱼肝油，每天每人必须吃4片维生素C，两丸鱼肝油，少了不行。"

陈明义接着说："筑路得到藏族同胞们的支持，藏民们用牦牛为筑路部队驮运物资，连一些上层人士也参加了支援。"

贺龙说："藏族同胞越是支援我们，我们越应该尊重他们的风俗习惯，遵守民族政策，严格群众纪律。"

稍稍停一下，贺龙又说："进军西藏，不吃地方，一面进军，一面筑路，这是毛主席的决策，我们要执行。"

贺龙又轻声问陈明义和穰明德："什么时候车通拉萨？"

穰明德卷起袖子，狠劲地把手一挥说："贺老总，1954年底汽车通不到拉萨，我把头拿下来见你！"

贺龙听了哈哈大笑，笑得胡子直抖。稍停，他兴致勃勃地说："我等着为你们通车拉萨庆功吧！"他又说："为了更具体地了解情况，解决你们修路部队和职工的生活供应、物资保障等问题，我们打算派军区后勤部长余秋里同志到康藏公路去一趟。"

陈明义和穰明德说："余部长也去，那太好了。"

其实，从康藏公路开工之日起，贺龙就非常关心修路指战员生活。他多次派慰问团前往慰问，并想亲自去看望部队，但因他患有高血压病，中央不批准。贺龙要李达代表他前往检查筑路部队各方面情况，要求发现问题，要及时解决。

贺龙提议公路走南线

贺龙这次在重庆召见康藏公路修建司令部司令员陈明义、政委穰明德及工程技术人员时，陈明义、穰明德问："昌都到拉萨的路线怎么选择呢？"

贺龙吸着烟袋，踱着步子，沉思了一会儿说："这是一个重要的问题，听听你们的意见。"

穰明德打开地图，仔细地向贺龙汇报了南、北两条路线的地形、地貌、河流、高山、森林和经过的村、镇、城市、出产及工程的难易、利弊，还有勘测工程技术人员的争论观点等等。

穰明德把整个勘测过程向贺龙进行了汇报：

修筑康藏公路，首先要勘测合理的路线。在筑路会议之后，陈司令员即派出了6支勘测队，担任昌都至拉萨公路的踏勘工作。

在世界屋脊勘测是一项艰巨的任务，一路上，空气稀薄的雾山达20多座。勘测队员们经常是冒着生命危险在深山峡谷中攀登爬行，从溜索上渡过汹涌奔腾的江河。冬天，他们冒着零下30度的严寒，爬雪山，过冰河。夏季多在原始森林里，不仅忍受着蚂蟥和蚊虫的叮咬，还要提防野兽袭击。

由于山高路险，又无通讯工具，勘测队同司令部失掉联络两三个月。为了寻找合适的路线，他们常常通过人迹罕至的悬崖峭壁。

当这6个测绘队回到司令部时，一个个衣衫破烂，满头长发，面黄肌瘦，简直就是一群野人。

在当时，工程技术人员提出了两条筑路路线，一条北路，一条南路。

北路是从昌都经丁青、索县、旁多等地到拉萨。这条路地势较平坦，沿途多牧区，工程比南路小，但地势较高，多在海拔4000米以上。

南路是从昌都经邦达、波密、林芝、太昭等地到达拉萨，海拔较低，气候好，沿途多为农区，有波密、色霁拉等森林地带。但地形复杂，工程十分艰巨。不过这条路修成后对推动西南的经济发展意义重大。

究竟修哪条路为好，大家一时难有定论。为了慎重，修建司令部决定，请示西南局和西南军区。因此，我们想听听您的意见。

贺龙听得很仔细，他不时对着地图询问陈明义、穰明德两人，像战争年代制定行军路线一样，又像战前审查作战计划一般，贺龙一手握着烟斗，一手拿着红蓝铅笔，用笔指着地图，语气果断地说："公路走南线！第一，南线气候温和，海拔低。在西藏高原，这是黄金都买不到的优点。第二，南线经过森林、草原、湖泊、高山，物产丰富，不仅我们修路时有木材、石料等建筑材料，还有青稞、牛羊、水果、燃料等，生活方便。"

说到这儿，贺龙又加重语气说："将来开发西藏，进行社会主义建设，这里有着丰富的资源和极大的经济价值，有着广阔的前途。公路走南线，更符合西藏人民的长远利益！"

陈明义听了贺龙深谋远虑的指示，信心大增，但也想到了南线的冰川、流沙、怒江激流等艰险工程，因此，眼睛也止不住盯着地图上的这些地方。

贺龙一眼看透了陈明义的心思，他拍着陈明义的肩说："当然，怒江天险、冰川、流沙，会给我们找麻烦，甚至带来意想不到的艰难。但是，怒江也好，冰川也好，流沙塌方也好，它们能挡得住中国人民解放军么？毛主席指示我们，为了兄弟民族，克服困难，努力筑路。我们就要叫高山低头，叫激流、冰川、流沙、塌方通通让路！至于北路，将来仍然要修。因为祖国的西藏高原，将来要修很多很多公路，要修成四通八达的公路网咧！"

穰明德向陈明义交换了一下眼神，陈明义会心地笑了笑，意思是说：老伙计，咱们拼命干吧！

这时，穰明德表现得很激动，他把地图一卷，高声说："贺老总，等着我们通车拉萨的捷报吧！"

毛泽东批准公路走南线

1952年，余炯工程师带领踏勘队踏勘小北线，在6月却与修建司令部失去联系。

早在1951年6月，余炯工程师就奉命成立了踏勘队，并担任康藏公路从昌都到拉萨段的踏勘工作。

那时，余炯率领踏勘队踏勘了大北线，返回时又踏勘了南线西段，他们一共步行4600公里，翻越雪山51座。

余炯这次带领的踏勘队与修建司令部失去联系后，领导又派戴汝槐、李树朴分别踏勘6条线路。

经过踏勘，初步探明康藏公路起自雅安，终于拉萨，全长有2255公里，平均海拔高在3000米以上。

踏勘清楚后，大家才都知道，修筑康藏公路意义重大，任务要求又急迫。所以，修路司令部决定的筑路方针是：以突击的形式进行，先拉长，后拉宽。或者叫作先通车，后加宽；先粗通，后达标。

这样，在修路的初期，就出现了测量赶不上施工，桥梁赶不上路通的窘况。大家也明白，所谓后达标，绝不是没有标准，当时明确规定的标准是五级公路。

康藏公路修建司令部的总工程师李昌源说：

公路标准差别很大，如果不顾及行车速度

和行车安全的话，随便哪个人都可以挖出一条公路来。公路便道坡度可到 15%，弯道可到五六米，伸缩性如此之大，如果现在不以技术的眼光好好掌握，将来就需要国家投入更多的资金来补修。

1952 年 8 月 12 日，修建司令部在昌都开会。在筛选了多条比较线路以后，发生了走南线还是走小北路两种意见的争论。

1952 年 12 月，陈明义、穰明德再去重庆向西南军政委员会和西南军区刘伯承、贺龙、邓小平汇报，陈述走南线的好处。

康藏公路的修建工程，从选线到施工，无时不受到党中央、毛泽东和许多革命老前辈的亲切关怀。大家都知道，"世界屋脊"上的山，是异乎寻常的山。过去人们认为，中国最著名的山莫过于五岳了，但五岳的高度也不过海拔 900 米至 2300 米。而康藏公路所经过的 14 座大山，大部海拔都在 4000 米以上。单从公路通过的最高点来说，雀儿山是 5047 米，甲皮拉是 4950 米，达玛拉是 4810 米，业拉是 4617 米。

1953 年 1 月 1 日，毛泽东最后批准公路走南线。同时，还提出了 1954 年通车拉萨的要求。

山势越高，困难就越大。中央交通部和西南军区的领导同志，都亲临工地指导工作，解决困难问题。

二、公路踏勘与测量

● 陈明义对踏勘小分队说："到'世界屋脊'上去踏勘公路，那里空气稀薄，呼吸困难，人烟稀少，是一次非常困难而又光荣的任务。你们要做好充分的思想准备，要克服一切困难，胜利完成踏勘任务。"

● 驻军领导勉励全体队员说："你们一路上遵守'入藏守则'，纪律很好，克服了不少困难，吃了很多苦头，太辛苦了。从这里往前走，条件更差，困难更大。希望你们发扬艰苦奋斗的好作风，继续前进，愿我们日后在拉萨相见。"

● 余炯感慨地说："康藏公路全线虽然只跨过14座大山，全长才2000多公里，但实际我们却爬过了200多座大山，走了一万多公里路。"

余炯奉命成立踏勘队

余炯工程师于1951年初奉命成立踏勘队，担任康藏公路昌都至拉萨段的踏勘工作。

1951年1月1日，余炯在重庆公路总段接到西南交通部的电话通知，调他到驻在雅安的康藏公路工程处工作。

去该处报到时，余炯见到了工程处蒋汪麟副处长。

蒋汪麟对他说："西南交通部奉上级指示，决定新建昌都至拉萨的公路。先成立踏勘队，派你担任队长。其余人员正在调配，在成都集齐后出发。你先回成都安排家务。工程处没有任何关于西藏的资料，现驻成都的人民解放军十八军后方司令部有资料给你们。"

1951年3月，工程师赵厚孝、技术员刘黎光、会计易光庭、实习生曾庆高、工人金相贵5人先后来到成都报到。

随后，余炯率领这支踏勘队伍即去新津十八军后方司令部请示工作。

司令员陈明义亲自接见了他们。陈明义讲了修建这条公路的重大意义和紧迫需要。他说：

到"世界屋脊"上去踏勘公路，那里空气

稀薄，呼吸困难，人烟稀少，是一次非常困难而又光荣的任务。你们要做好充分的思想准备，要克服一切困难，胜利完成踏勘任务。

昌都至拉萨有北、中、南三条人行驿道，由你队自己去采访调查，选择踏勘路线。这里给你们准备了一份西藏地图和中路的简要资料，可供参考。

你队不带电台，工作很不方便。好在昌都、拉萨间设有兵站。你们的电报或信件一律交给兵站转发。至于沿路所需生活给养物资、医药，运输牛马等，都由沿途兵站供应。

西藏尚未完全解放，千万要提高警惕，防备坏人捣乱，注意保护身体，小心谨慎前进。昌都有支援前线指挥部，到了那里，可向指挥部汇报。祝你们一路平安，早日胜利归来。

踏勘队全体人员听了陈明义语重心长的讲话，深受感动，大家都精神振奋，一致表示，坚决遵照首长的指示，要竭尽全力寻找一条比较理想的线路。

踏勘小分队来不及在成都领取御寒装备，决定先去甘孜，一面等待装备，一面适应高原气候。

踏勘小分队途经雅安时，与新调来的已在雅安等待的工程师叶祖镕会合。

这一行7人都是第一次上高原，乘的是无座椅的卡车，一路颠簸到达了甘孜。

经过休息，大家勉强适应了高原气候。

这时上级派杨士举来队任指导员，还派来一位名叫李再强的炊事员。

大家学习了十八军制定的"入藏守则"，补充了炊事用具，每人领了一双长筒毛皮鞋，又上了卡车。

卡车开到公路终点的玉隆兵站时，领取了帐篷和主副食品，雇用了运输牛马。

为了练习爬山的能力，为今后步行踏勘打下基础，大家出发时彼此相约，凡遇大小山头，原则上不骑马，以步行翻山为主。

踏勘小分队出发的第二天就碰上了雀儿山。此时，恰遇初停的连日大雪，踏勘队一时无法通过雀儿山。

山上山下全都覆盖着厚厚的积雪，人们看不见一草一木，连山脚平坝上的积雪也深及膝盖。

小分队只好耐着性子等了一周左右，才又乘马西行。

到了山下，大家下马步行登山。由于海拔高，大家从山脚登高到几十米处时，已经感到呼吸十分困难。他们双腿深深陷进雪中，举步维艰，走一步喘一阵，到了中午12时才上到这座山的五分之一处。

大家一致认为，照这样走下去，不但体力不能支撑，就是爬到天黑也难爬到山垭口。

于是，大家决定改乘马匹登山。由于空气稀薄，马也时走时停。在17时左右，踏勘队才爬到山垭口。这时，大家手脚都已冻麻木了，感到十分疲倦。

21时前后，全队人员才下到山西侧的西台站。发现那里仍然是冰天雪地。

此时个别人已经到了疲惫不堪的程度，一停住脚便倒在雪地上。未倒下的人立即把倒下的人扶起，并移往积雪较少的坡地坐下，然后一面搭帐篷，一面烧晚饭。

大家和冰雪大风奋战了一整天，只吃了早晚两餐，真是又饿又冷，痛苦得没法说话。

第二天9时，大家纷纷起床，还好，基本上都恢复了体力，于是又继续前进。

小分队历经千辛万苦，克服了各种意想不到的艰苦和困难，终于翻过了雀儿山。

从西台站到昌都，踏勘队又翻越了矮拉、达玛拉等5座大山。

由于踏勘队已经取得了一些翻山的经验，越过后面这5座大山与雀儿山比要顺利得多。

1951年5月，踏勘队先后翻越这6座大雪山后到达昌都，步行了大约540公里。

队伍到达昌都的第二天，十八军副政委、昌都解放委员会主任王其梅接见了全体队员。

王其梅向大家问寒问暖，勉励大家继续发扬大无畏的精神，遵守纪律，执行党的少数民族政策，胜利完成踏勘任务。

驻昌都的部队还调给小分队一位叫洛降泽的藏族同

胞担任藏语翻译，以解决他们不懂藏语的困难。

小分队在出发前，首先办了三件事：

第一是做了分工和规定了纪律。要求做到人人有责，相互配合。按规定可以骑马踏勘，但为了保证踏勘资料的质量和为国家节省开支，大家自行规定，除因病及特殊情况外，一律步行踏勘，不骑马。

第二是走访藏族商人、头人等，了解和搜集从昌都到拉萨的当时交通道路和运输情况。

第三是根据地图和走访搜集的资料，制订踏勘路线的初步计划。

踏勘队了解到，昌都至拉萨共有北、中、南三条人行道路，西藏的官员和僧俗群众基本上是走里程最短的中路，即由昌都经恩达、洛隆宗、硕督宗、边坝宗、嘉黎宗、太昭、德庆宗至拉萨。

为了便于放牧，商贾运输货物则走里程较长的北路，即由昌都经恩达或类乌齐到觉恩，再经丁青、塞札宗、索宗、比如宗、总若松多大草原、旁多宗、林周宗至拉萨。

南路由昌都经邦达、松宗、波密、德母宗、太昭、德庆宗到拉萨。

踏勘队听说，南路里程最长，人们一般不走这条道。

小分队经过讨论分析，一致认为中路人行道比较短，但要横跨澜沧江及怒江上游的不少支流，还要翻越十几座大雪山，山势险恶，地形起伏很大，石方和桥梁工程比较艰巨。选择中路修建公路，必须大量展开线路，这样就会增长里程。

因此，大家最后决定，舍弃中路不踏勘，只踏勘南、北两路。

小分队又讨论分析，南路一般海拔低，气候比北路温和，村庄和耕地也多于北路，有利于发展经济，筑路材料不缺；北路主要横穿藏北高原地带，地势高寒，人烟稀少。所以，小分队又决定以南路为主，先行踏勘。

但事与愿违。踏勘队最后了解到的情况是，南路还未设兵站，治安、通讯、给养等在短期内还无法解决，不能冒险前往。而北路已设兵站，踏勘的有利条件较多。

踏勘队只好临时改变策略，决定先踏勘北路，回程时再踏勘南路。

余炯率队踏勘大北线

1951年6月5日，余炯率领的踏勘小分队从昌都出发，开始在大北线的踏勘工作。

踏勘小分队出发后，就沿着昌都城边的昂曲河东岸步行向上游踏勘。小分队开头几天的日进度一般控制在15公里左右。

6月5日下午小分队到达俄洛桥。路线在此要横跨昂曲河，除选择桥位外，每个人都要整理当天记录的踏勘资料。

踏勘队自此向西翻越海拔4930米的雪碧拉山，经恩达宗至卡马多。

小分队从卡马多西行，又遇到一座海拔为4920米的色格拉大山，再经觉恩宗、沙贡、协雄等地，大约在6月底才到达丁青。

他们了解到，丁青是北路途中的最大城镇，设有一个很大的兵站，有商业市场。附近一带耕地多，村庄星罗棋布。

踏勘队从昌都至此踏勘路线约250公里，实际步行约300公里，沿途气候较温和。

小分队在城边架帐宿营，要求大家抓紧时间补洗衣服和整理材料。指导员杨士举和余炯当即去兵站报到。

第二天，兵站领导来宿营地看望大家，询问需要什么东西，兵站有的就尽量供应。

兵站领导的深情厚谊，使大家十分高兴。

7月2日，驻军领导干部来驻地看望大家，勉励全体队员说："你们从昌都步行踏勘到此，一路上遵守'入藏守则'，纪律很好，克服了不少困难，吃了很多苦头，太辛苦了。从这里往前走，条件更差，困难更大。希望你们发扬艰苦奋斗的好作风，继续前进，愿我们日后在拉萨相见。"

小分队请兵站帮助雇了牛马，补充了代食粉、脱水菜、盐巴等主副食，又踏上了征程。

小分队西出丁青不远，发觉地势逐渐上升，直到邛尼拉东山脚。

经过测量，山垭口海拔为4547米，西侧山势较陡，公路需展开线路下到塞札宗，再翻越海拔4620米的龙忍拉下至查棚宫。

小分队又从这里西去雅岸多，连翻了三座海拔4600至4900米的大山。

小分队从丁青西去索宗其实与东去昌都的距离大致相等，但地形、气候却有天壤之别。丁青至索宗间天气恶劣，一日数变，寒风凛冽，大山重重，溪河纵横。

小分队多次赤足涉水过河，雪水冰凉刺骨。这里人烟稀少，宿营多在荒僻的半山腰或小溪小河边，帐篷内外温度相差无几。有一晚入睡时满天星斗，皓月当空，午夜后，却大雪纷飞，帐篷竟被积雪压塌了。

大家吃力地从帐篷里爬出来，在酷寒中清除了压在帐篷上的积雪，又把它重新竖起来。此时人人手脚麻木，浑身冻得发抖，彻夜难眠。

索宗兵站从安全和给养着想，要小分队经过那曲赶到拉萨。但小分队从公路里程着想，仍选择了经比如宗、总若松多、旁多宗、林周宗至拉萨的路线进行踏勘。

经过兵站多次与索宗地方领导交涉，当地政府愿意给队员们开具通行公文，要求沿途官民援助，并按价支应运输牛马和卖给食物。

小分队一路经过比如宗、唐古拉山，道路越来越陡，大家走一会儿休息一会儿，简直是竭尽全力，才爬到唐古拉山脉海拔5100多米的结拉山垭口。

由于海拔太高，大家都呼吸急促、口干舌燥、头重脚轻，走路踉踉跄跄的。因此，都急于想下山到海拔低一些的地方去。

可是极目眺望，前面还是一片辽阔的大草原，白雪皑皑，望不到尽头，阴沉沉的天空已经和雪原连成了一片，令人感到空旷而又冷清。

显然，他们已经来到"高原上的高原"了。在这冰雪的世界里，不少队员都患上了轻微的雪盲症，双眼疼痛得十分厉害。

大家发现藏胞把长发披在眼前走路，可队员们头发短，遮不住眼睛，于是就把手帕扎些小眼，吊在眼前，以减少雪光的刺激。这种土办法还有一定作用，使他们克服了雪盲症的威胁。

在这海拔5000米以上、纵横几十公里的辽阔而荒寒的草原上，到处都是小土包，上面尽长着扎脚的硬草，形如草柱，小土包周围却是水网或泥沼。没有人行小道，没有人烟，也看不见牛羊。

他们从一个草桩到另一个草桩，要跳跃前进，一不小心就会掉进水沼中。

这里天气一日数变，忽晴、忽风、忽雪，或者是冰雹铺天盖地而来。大家都站立不稳，只好蹲在地上，待冰雹过后，再继续向前走。

这样，小分队一天只能踏勘五六公里。而且，他们双脚被草柱刺得很痛，人人疲惫不堪。一日三餐或两餐，全吃代食粉或糌粑、酥油茶。

踏勘队又艰难地走了5天，虽然没有走完这个大草原，可喜的是，终于走到了有牧民帐篷的地方，这里名叫总若松多，是拉萨河的发源地。

小分队从这里大约又走了两三天，才穿过草原。海拔渐渐低了，大家的心情也轻松了许多。

小分队走出草原后，基本上在两山之间宽广的草地上踏勘前进，一直到达邛塘坝。

这时，沿途牧民的帐篷逐渐增多，牛羊成群，是比较发达的牧区。有些没有牧民帐篷的平坝上，野驴成群，它们看见踏勘人员后，便立即飞奔逃跑，有如赛马奔驰。

小分队自结拉山北面的唐古拉至邛塘坝，这里是北路，也是全路中海拔最高、人烟最少、气候最恶劣、冰雪最多的地区，是他们踏勘路线中最艰苦的地段。

小分队走出邛塘坝进入农业区后，就到达了热振寺。

大家稍微放松一下，观察热振寺周围，这里有许多生长达几百年的大柏树。寺庙很大，已经有些残缺衰败，只有几个喇嘛在看守寺庙。

小分队从热振寺经旁多宗，翻越海拔4735米的喀拉山，下到林周宗，进入拉萨河谷的平原。

在10月底，踏勘队终于到达了拉萨。

到达拉萨的第二天，十八军参谋长李觉亲切接见并慰问小分队全体队员。

小分队汇报了踏勘这段路程的基本情况：北路从昌都至拉萨踏勘里程为985公里，步行里程远远超过这个数字。预计工程量土石方约1000万立方米，桥梁187座，经过有名大山12座。大部分路线地势高寒，其中，位于海拔3000至4000米者占10.6%，位于4000至5000米者占85%，位于海拔5000米以上者占4.4%。极少数地段偶有乔木，部分地段长有灌木。少数地区产青稞、绝大部分地区为草原。牧区藏族群众的燃料全用牛粪，农业区的燃料间有灌木，但以牛粪青稞秆为主。

踏勘则拉宗至拉萨线路

1951年10月底，余炯率领的踏勘队在拉萨把北路资料汇总整理后，按原计划准备踏勘南路。

余炯去找驻在那里的解放军了解南路的情况，但是，他只了解到，从拉萨至墨竹工卡是平原农业区，沿途村庄很多，要翻越工布帕拉大雪山，才能下到太昭。至于太昭以东的情况，就不了解了。

大家根据地图上画的人行道来看，应该从太昭沿尼洋河下到雅鲁藏布江汇合处的则拉宗，再转头向东翻越德姆拉山进入波密地区。入藏公路若从则拉宗沿雅鲁藏布江上行至曲水，转而沿拉萨河上行至拉萨，就可避开工布帕拉大雪山。

大家认为，在西藏修建公路，若能躲开大雪山，是比较理想的公路线。

因此，小分队临时决定增加踏勘则拉宗经曲水至拉萨的路线，作为南路西段的比较线。

队伍于12月份离开拉萨去太昭。

小分队走出拉萨，过墨竹工卡，开始翻越海拔4914米的工布帕拉大雪山。

他们测量后认为，工布帕拉垭口两侧都在雪线以上，山势陡峭，公路线通过这里是比较困难的。但是，由于雪厚，不安全，小分队无法探索附近有无比较低的垭口。

小分队登至半山陡岩上，不时见到有一些觅食的山羊走过。

当他们转过一个突出的岩嘴时，忽然看见一只狼在路边啃吃刚咬死的大山羊。队员们纷纷对狼开枪，但均未打中那只狼。狼飞快地逃跑了。

大家高兴地把这只被咬死的大山羊拿走，一连吃了几餐，味道很鲜，算是打了个大牙祭。

小分队从太昭沿尼洋河至则拉宗，发现到处是耕地和村庄，还有不少的大森林。

小分队途中曾遇到狗熊，大家就赶快躲起来，让它蹒跚走离人行道之后，才飞步而过。

他们了解到，雅鲁藏布江的沿岸，气候温和，农产品种类较多，出产丰富。从则拉宗往西是河谷地段。

根据藏胞说：那里峡谷悬岩多，牛、马、羊不能从峡谷通过。在地图上，这段雅鲁藏布江也是用虚线绘出的。

大家商定，为了工作，一定要探索这段长约30公里的人迹罕至的地段。

最后大家决定，由指导员杨士举、队长余炯和几位技术干部轻装走峡谷，其余人员和牛马避开峡谷，走高山。

他们走进峡谷发现江面变窄了，特别是有的地方江面仅宽二三十米，河床落差大，江流湍急，吼声震耳，两岸全是悬岩绝壁，羊肠小路也断了。

他们还看到，不知什么年代、什么人在悬岩上架了几段不在一个水平高度上的独木栈道，在高低栈道的连接处，又装有独木梯道，只能一个人单向在栈道上用手扶着悬岩一步一步地挪动。此外，还有一段路是在坡度达50多度的光溜溜的大石岩上凿有许多脚印，以作唯一的通行要道。

大家走近仔细观察，估计这段路长约20多米，由于年代久了，光滑的脚印已变成和脚板大小相近的斜槽。脚下100多米就是波涛汹涌的江水，抬头望不见岩顶。

为队员们背行李的当地藏胞，脱了鞋，轻巧而迅速地从斜槽上走过去了。

余炯未脱皮鞋，跟在那位藏胞的后面走，刚走了几步，两脚就调换不过来了。因为起点要先出右脚，在岩上才能换脚，余炯却出反了脚，既不能前进，又不能后退。他的硬鞋底与斜槽不能紧密接触，他感到有点站不稳，双脚站在斜槽里开始发抖，眼看着就要掉进波涛汹涌的江里。

在这紧急关头，幸亏翻译洛降泽看见了。他赶紧大声呼喊背行李的藏胞赶快回头来接余炯，又在后面扶着他，才一步一步胆战心惊地走过这些斜槽。

后面的队员见状，纷纷脱了鞋，全由藏胞搀扶，一个接一个小心翼翼地慢步而过。大家原地休息时，仍惊魂未定，颇感后怕。

公路踏勘与测量

大家走出峡谷后，到了一个名叫业窝堆的地方，发现江面忽然开阔，两岸平畴、村庄连绵不绝。

小分队过了朗宗后，看到从加查宗至桑日宗之间，沿江有多处沙丘。沙丘短则几十米，长则接近一公里，犹如沙漠。

每天约在14时，江面就开始刮风。刹那间，狂风大作，黄沙遮天蔽日，大家只好闭目蹲下，待风力稍小时，再弯腰前进。

由于刮风，踏勘工作很受影响，每日进度只有几公里。

小分队过桑日宗后，已经距曲水不远，这里有一个大村庄，村民们世代以捕鱼为业。但村民们自己不吃，而是把捕到的鱼埋在沙里，积累多了，才运往喜马拉雅山南侧，换回海椒，再到曲水用海椒换糌粑，以此谋生。

小分队到了曲水，就沿拉萨河岸平坝上的大道行走，于1952年2月下旬才回到拉萨。

经过这次踏勘，大家了解到雅鲁藏布江北岸沙丘多，峡谷地段石方工程极其艰巨，不宜沿江北岸修筑公路。因此，南路仍以经太昭至拉萨较好。

小分队踏勘小北路

1952年2月，余炯率领的踏勘小分队沿雅鲁藏布江岸回到拉萨。

这时，大家在他们所带的地图上，看到嘉黎有一条河向南流，在巴河口流入尼洋河。如果把北路自塞札起改走西南向，经沙丁宗、赶多、嘉黎宗顺河下到朗嘎，再经太昭至拉萨，可以避免北路塞札以西的9座大雪山和总若松多大草原，这应是一条比较好的路线。

于是，小分队决定增加踏勘这条线路。

1952年3月，踏勘队第二次离开拉萨赶往太昭。

大家讨论，决定由易光庭等三人押运暂时不用的行李、公物到则拉宗等待大家，其余人员轻装就道踏勘太嘉段，以及沿嘉黎河道顺河南下至朗嘎的路线。

小分队自太昭北上翻越楚拉和奔大拉，到达嘉黎宗，发现这里全是牧区，基本上没有耕地。

小分队在嘉黎访问当地藏胞，才明白地图上的河道画错了。嘉黎河道并不是向南流入尼洋河，而是向东南流入波密地区的易贡河。

这样一来，小分队原来根据地图而作的设想就落空了。

据当地的藏胞说，从嘉黎向西南走，翻越一座大雪山后，经索卡宗可以到达尼洋河畔的学嘎，比经过太昭到朗嘎的路程要近一些。

踏勘队按藏胞所说的道路经索卡宗、学嘎赶到则拉宗，以便从速踏勘南线。

由于地图不准确，使他们多跑了 300 公里以上的道路。

1952 年 6 月，小分队再次来到则拉宗。杨士举去太昭的兵站借钱粮，他从兵站得知昌都来了电报指示：

不再踏勘南路，立即沿小北路踏勘回昌都。

于是，大家掉头赶回太昭。从太昭分为两组进行踏勘。

第一组翻越木亦拉、也拉去赶多。

第二组立即奔向嘉黎，再分为两个小组，一个小组自嘉黎起踏勘中路回昌都，另一小组从海拔 5130 米的嘉黎翻越嘉拉踏勘至赶多。

这样，第一组和第二组中的一部分人都要去赶多。踏勘队开会决定，先到赶多的组必须等待后到的组会合在一起后，才踏勘经沙丁宗至塞札的一段线路。

1952 年 7 月，两个组在赶多会合后，就日夜兼程赶至沙丁宗。

全队走出沙丁宗的不远处，便乘溜索到达怒江的北岸，他们再沿怒江河谷到达怒江支流的春多河口，再北上到达塞札。这样，他们就接上了大北路，至此，野外踏勘就结束了。

从太昭至塞札，一般称为小北路。

踏勘队在踏勘过程中，严守"入藏守则"，在一些村庄还同头人互献哈达，表示敬意。

无论在牧区或农业区，藏胞对他们都热情诚挚的接待，踏勘队表示对藏胞非常感谢。

全队汇总资料显示：小北路全长903公里，预计工程量土石方约991万多立方米，桥梁150座。路线经过海拔在3000至4000米者占56.2%，海拔4000至5000米者占42.1%，海拔5000米以上者占1.7%。赶多至洞古寺一段，中间经过嘉拉、楚拉，当地气候恶劣，在冬季大雪要封山。怒江河谷低地为农业区，出产青稞和元根，一般为畜牧区。春多河及怒江沿岸一带有森林，而其他地段基本没有树木。

小组经阿兰多、边坝宗、硕督宗、洛隆宗、恩达宗等地返回昌都。他们发现，这段路线地形起伏较多，山脚至山顶垭口高差很大，他们一共翻越了9座大雪山。其中，特别是丹达拉大雪山，海拔超过6000米，是踏勘过的所有大雪山中最高的，其山势险峻，满山积雪，空气极其稀薄。

大家一致认为，中路里程虽稍短于小北路，但踏勘的艰辛程度，远远超过了走小北路的踏勘小组。中路小组先于小北路小组回到昌都。

司令部召开昌都会议

1952年7月,西南交通部决定,公路第一工程局由雅安进驻太昭,担任从拉萨向东修路的任务。

同月,第一工程局代局长阎光洗派技术负责人谢元模、陈培基、林楚育和杨宗辉到昌都参加会议。在当时,公路已通至同普,由同普至昌都公路沿途布满了施工部队,公路也即将通车到昌都。

1952年8月,康藏公路修建司令部在昌都召开第一次会议,讨论昌都至拉萨的公路走向问题。

会议由司令员陈明义、政委穰明德主持。参加会议的有第一工程局谢元模、陈培基、林楚育,还有第二工程局领导郑俊杰、蒋珏麟、杨达权等。

中央交通部公路总局副局长王一帆、莫林等同志和苏联专家别路·包罗多夫也专程从北京到昌都来参加会议。

修建康藏公路时,苏联专家确实是把中国的建设事业当作他们自己的事业来干的。在修建康藏公路之前,他们不远万里来到西藏的公路建设工地,同大家一起工作、生活。包罗多夫在大雪中亲自给战士们做示范,令大家感动不已。

在1952年8月,别路·包罗多夫不辞辛苦,冒着高原的冬季奇寒，翻过雪山草地和海拔 5000 多米的崇山峻岭，到达数千里的公路工地上，指导筑路工作。

包罗多夫对当时的测量和施工都不满意。他拿出三个文件《测设规程》、《施工规范》和《路线标准》说这是一套科学，要求大家严格遵照执行。

但是，在施工局的工程师中，当时有留学美国的，也有留学英国的，却要大家全部学习苏联的，许多人有点想不通，简直接受不了，因此反对者占多数。他们认为，在康藏高原上修公路，不需要苏联的标准，因此大家的争论很大。

鉴于这种情况，会议只好休会两天。最后，穰明德部长肯定地表示：

> 学习苏联的先进经验是个原则问题，不容改变。但目前办不到的可以缓学。

陈明义司令员也指出：

> 在工程上，第一条就是如何接受苏联先进经验。能否接受，这是部队教育和思想斗争问题。

后来，在康藏公路全线通车的前夕，李昌源总工程师专门介绍过在技术方面的各种争论。他说：

第一个争论是关于坡度问题。日本的公路专家，是以计算牛马的心脏跳动来计算坡度的。苏联专家提出，应当以汽车的机械性能为计算原则，并与弯度有关。70%的坡度可以用到两公里，再有点小平坡，以免汽车连续下冲出危险。以牛马心脏来计算是不符合实际的，唯心的，不顾地形的。但有人认为康藏海拔高，和苏联不同，坡度要再少一些。还是用老办法，即坡度长度是有限制的。结果从山脚爬不上牛溪沟。争论了9个月才采用了苏联的经验。又比如，怒江的比差是1800多米，按旧办法就测不上去。用苏联的经验，弯道放大，坡度放长，就下去了，还避免了许多石崖。但当时还是有人以为汽车爬不上去，提议要试验。行车两年来，证明是没有问题的。第二是关于路面。像成都一带的公路，都是泥结路面，先铺大石头，然后用小石头和泥混合滚压。苏联的先进经验是级配路面，石子大头朝下一块一块地排起。开始有人认为，苏联先进经验不过是多费几个工而已，但级配路面工程并不大，把石子组合起来，形成整体力量。而且不会翻浆。事实教育了大家。第三是关于包坎。崔儿山发生了严重塌方。苏联专家说：这是塌石方，好办，垒起石墙就可以了。结果没有改线，节省了 200 亿。以后就大力推广。块石包坎可以砌到 52 米高。内包坎防塌方，外包坎防水冲。另外，在土方和石方、弯道和直线的问题上，都有过争论。有人认为修路应该避免石方，因此有意识地为了绕开石方而找远路，找山顶线。争论最大的一次是在然乌沟，有人为了避免石方，要绕 10 公里，这样就会提高运输成本，增多养护。也不能为了求近，把路修到河滩上去；也不能为了求直，不顾地形，增加不必要的添挖。二局的测量队现在基本上得出了结论，承认苏联先进经验的正确。

昌都会议研究了修建标准，重点讨论了昌都向拉萨公路的延伸走向问题。在当时，对线路走向的意见较多，共设有大北路、小北路和南线等几个方案。一般认为，南线经过波密地区，气候温和，出产丰富，海拔低、雨量大、经济价值高。

1952 年 9 月，康藏公路昌都至拉萨段第一个踏勘队的最后一个小组回到昌都。

这时康藏工程处已改组为第二工程局，局本部就设在昌都。

余炯等人在第二工程局的大门外受到了局领导和职工们的热情迎接和亲切慰问。

余炯感慨地说:"康藏公路全线虽然只跨过14座大山,全长才2000多公里,但实际我们却爬过了200多座大山,走了一万多公里路。"

几天后,踏勘队把全部踏勘路线的里程、土石方和桥涵数量、海拔高程以及沿线的气候、出产等情况向领导做了全面汇报。

司令部对所有资料经过研究分析后,决定再组织一批力量,对南线另一条线路进行勘察,并提供资料,让上级最后决定公路走向。

刘扬勋率队踏勘南线

1952年9月20日，刘扬勋工程师率领一支共16人组成的南线踏勘队，从昌都出发了。

刘扬勋工程师负责踏勘队的全面工作及定线工作，曾稚山负责估算土石方的数量，陈融负责桥梁涵洞，吕全礼调查建筑材料及沿途的经济，杨宗辉负责测绘地形，并观察估算里程，并以气压计算高度，绘出两万分之一的平面图。

另有通讯电台7部；机要员1人；事务员、炊事员、翻译各1人。

在这之前，指挥部曾派出踏勘队踏勘过公路如何才能进入波密地区，但没有找到理想的线路。前面的人曾经汇报说，沿路有的垭口在5000米以上，并且终年积雪，还有现代冰川，这样会给修建和养护公路带来很大困难，不能常年通车。

因此，1952年8月昌都会议后，司令部决定，再组织一批力量，对南线另一条线路进行勘察，提供资料，让上级最后决定公路走向。

刘扬勋率领南线踏勘队紧急出发，由稞拉开始，经邦达、吞多、东坝、叶作卡、瓦达，沿冷曲河而上，越安久拉、经然乌，沿波斗藏布江下至松宗。

踏勘队到达邦达后，调查了解从邦达翻越海拔4600米的德卡拉垭口，经过同宜沿着溪河，可以下至怒江边。但怒江边上既没有村庄，也没有渡口，是无法过江的。只有东坝附近才有渡江的溜索。

踏勘队只好沿江下至吞多，翻越一小山口，他们于10月3日到达了怒江边的东坝。

在东坝，踏勘队向当地藏族群众宣传修建公路的意义，并向当地的头人赠送了茶叶、食盐。

藏族群众也请踏勘队员们喝了当地产的葡萄酒。

两天后，踏勘队来到了叶作卡溜索渡口。这个渡口两岸都是直立的石岩，石岩顶部有一个平台，据说，只有五六十年前的大洪水才漫上过平台。

大家向下看去，江水奔流湍急，好像发怒一样，让人不寒而栗。

当地派出了最好的渡工送踏勘队过江。

渡口很简单，只有一根茶杯口粗的牛皮绳横跨在两岸，长100余米，两岸各有一个简易的撑架，牛皮绳是埋在"地龙"里的。牛皮绳上有一套木质"溜壳子"，长30至40厘米。溜壳子顶面用牛皮绳吊着两根长约60厘米的木质十字架。溜壳子旁边还有两根牵引索，作为溜壳子到溜索中心或溜壳子空着返回时辅助牵引。行李、物资、人、畜都可以从这溜索上滑着到达对岸。

渡江开始了，渡工们以熟练的技巧，在溜索上往来如飞。他们先把物资运到对岸，然后每次两个人坐在绑扎好的行李包上溜过去。

过怒江后，踏勘队向波密进发。由于怒江两岸都是悬崖峭壁，人行小路都要翻越山岭才可以行走。

10月8日，踏勘队翻过两座山后，才到达冷曲河岸的瓦达。

踏勘队在这一段的勘察中，已勘明了由邦达翻过业拉山下，经同宜至怒江的路线。但下到怒江后，从何处过江？怎么进入波密地区？冷曲河是一条理想的沿溪线，但冷曲河在何处？怎么和怒江汇合的？踏勘队一时都陷入了深深的思索中。

据调查，要看清冷曲河与怒江汇合处，只有翻越瓦达对面的一座大山，然后下至怒江边才行。

10月9日，刘扬勋、陈融、杨宗辉及翻译康子慎，从瓦达出发，渡过冷曲河，随即开始翻山。

踏勘队行至山腰就开始下雪，他们看到这里有一个20多户的村庄叫冷里，就在这里换了马，继续翻山。

大家到了垭口，雪已经有一尺多厚了。

踏勘队翻过垭口下山后，大家在茂密的森林里，见到有一个小村，只有10多户人家，而名字却很有诗意，叫冷宫。

踏勘队当晚就在这个名叫冷宫的村庄住宿。据村里的老乡们讲，踏勘队是新中国成立后第一支进入这里的汉族工作队，给他们带来了新鲜的感觉。

第二天，踏勘队踏着新雪，来到了怒江边。

江边有一小平台，大家站在这里，可以看到冷曲河与怒江汇合处，那里石壁峭立，地形险峻，没有一定的渡江器材是无法过江的。

踏勘队用示意图的方式，在踏勘图上绘下了这个汇合处。这就为将来公路过怒江后进入波密地区，提供了一个沿冷曲河的控制点。

勘察了冷曲河口后，踏勘队仍然沿冷曲河而行。

10月15日，踏勘队越过了安久拉垭口，来到了安错湖畔的乌然村。它坐落在一条从安久拉流下的小溪与湖畔的汇合处。

踏勘队自安错湖以下，沿波斗藏布江而行，进入了地形狭窄，地质复杂的地段。

抬眼望去，两岸峭壁相峙，横坡陡峻，许多地方无法通行，只能用"独木梯"来连接。独木梯是用一根直径10多厘米的木料，用刀砍成梯形，倚在岩石地段，作为通"道"，行李、给养一切物资只能用人背，除此之外，别无他法。

踏勘队在沿河岸乱石丛林中穿行，一遇峭岩，无法涉水前进，就选择适当的地方"造桥"。有一段6公里的路程，踏勘队就造了4次桥，过了5次河，这才到达了米公。

米公的地形和地质情况更为复杂，流沙、飞石、雪崩、泥石流、塌方、山崩等险情接连不断地出现，踏勘队不得不继续"造桥"通过。

踏勘队过了米公后，河面渐渐变宽了。

踏勘队每天行走在乱石堆中，在波密附近有一个碎石塌方的地方，当地人叫这些乱石为"飞石"，经过这一地段时，队伍的间隔不能太近，只能把距离拉开，两边设有专人观察，见到上面有落石，观察者就大声喊叫，以便提防。

踏勘队过了波密，看到下面的地形就更为开阔了，村庄、人口也开始稠密了。

于是踏勘队加快了勘察进度，于 10 月 25 日到达松宗，这里是勘察工作的终点。

至此，南线勘察工作全部结束。勘察路程共有 300 多公里。

踏勘队从昌都出发时带的主副食品，经过 1 个多月，已经快用完了。

在当时，沿途都没有补给站，在松宗已驻有工作组，他们是踏勘队进军到波密后，留在松宗开展工作的。

踏勘队去找工作组的时候，工作组的主食已经在用糌粑了，生活十分艰苦，踏勘队只好在那里补充了一些糌粑。

这时，踏勘队接到上级来的电报，催要从粮拉到松宗的踏勘资料。队里就决定由杨宗辉带着电台和荆晓云翻译康子慎一道去中共西藏工委昌都分工委二办所在地，即倾多松。

中共西藏工委昌都分工委第二书记苗丕一在倾多松

接见了杨宗辉和荆晓云，听取了踏勘队的整个工作汇报。

苗丕一在当时物资供应十分缺乏的情况下，尽量满足了踏勘队的需要，补给踏勘队一些副食品和生活必需用品。他还派专人把踏勘资料送往昌都。

1953年1月1日，毛泽东下达批示：公路走南线。并要求1954年通车。

三、修路架桥与施工

● 政委张启泰号召大家："我们现在是进行着新的长征，要为新的共和国谱写新的篇章。"

● 一五四团团长郄晋武说："上万藏族民工一起劳动，是历史上空前的。这对帝国主义一贯的挑拨，是一大抗拒。"

● 穰明德说："政府和军队在修路中是合同关系，政府出钱，军队出劳动力。修筑康藏公路不只是十八军的事，也不只是为了十八军。"

十二团首战二郎山

1950年4月，中国人民解放军工程兵十二团和兄弟部队一起，遵照党中央、毛泽东"关于中国人民解放军必须进入西藏，解放西藏人民，保卫中国边疆"的重大战略部署，接受了进军西藏修筑康藏公路的艰巨任务。

刚从战场上下来的指挥员，他们以高昂的斗志开向第一个筑路地段二郎山。

筑路的官兵们都知道，二郎山是入藏的第一座高山，海拔3437米，起伏连绵，巨石犬牙交错，古树荒草纵横遍野，仅有一条羊肠小道，弯弯曲曲地越过山顶。

而且他们更知道，二郎山上气候瞬息万变，一会儿狂风，一会儿骤雨。

在行军途中，官兵们听到过各种各样的传说，如"二郎山很冷，耳朵一摸就掉，鼻子一揉就烂"等。

但是，战士们态度很坚决，"战场上流血牺牲都不怕，还能怕冷？再冷也要上，再冷也要冲。"

即使在恶劣的气候下，十二团也照常施工，不受天气限制。

筑路部队进入二郎山的沿途是深山峡谷，坡陡路险。

但他们行军全凭两条腿，粮食、铺盖、帐篷及筑路所用工具，全靠人扛、肩挑，人均负荷50公斤左右。

那时部队修路没有任何机械设施，用的完全是手工工具，十字镐、铁锹、钢钎、8磅大铁锤和用树枝自编的抬筐。

抢大铁锤打炮眼，是部队筑路中最苦、最脏、最累的活。战士们将8磅重的大铁锤抡起来猛击下去，他们整个身体都在颤抖，震得胳膊酸疼难忍，虎口也裂开血口子。

一天下来，战士们身子骨像散了架似的，浑身每一处都疼痛难忍。

但战士们还是拼命抢铁锤，常常因为抢铁锤，大家争得面红耳赤。

于是，决定由谁抡大铁锤，成了各个连队班、排长最难处理的"纠纷"。最后，领导们只得采取排号、轮流的方法。

但是，有的战士一抢到大铁锤，怎么也不肯撒手。还有的战士怕第二天抢不到大铁锤，晚上就偷偷把大铁锤藏起来。因为他们想的不是自己吃多少苦，而是尽快打眼放炮，把石头炸开，让公路通过二郎山。

战士们将石头炸开了，他们手扒、肩扛、抬筐运。一两百斤重的大石头，他们扛起来就走，抬起来就跑。

战士们这样的干法，使得鞋子总是不够穿，衣服补丁摞补丁。所有人的手都磨出了血，肩膀都磨出了泡，浑身火辣辣地疼。到了晚上，战士们睡觉变换什么姿势都觉得不好受。

但艰巨的任务压在战士们肩上，只能提前，不能拖后。他们天天搞竞赛，人人比高低，天明上工，天黑收工。一天干一个对时，不知道星期天是怎么回事，只知道完成任务是天职，是光荣。

八连八班，干活最猛，是出了名的干活"不要命"班。他们首先开展了千锤竞赛活动，中间不休息，只听见互相鼓励的号子声，铁锤撞击钢钎的叮当声，别的什么也听不到。

有一天收工后，八班的战士们没有一个洗脸刷牙的，都躺在铺上动也不动。

班长韦江歌察觉到战士们可能不舒服，就挨个摸他们的头，发现有几个战士发烧了。

韦江歌又挨个看战士们的手，几乎人人手上都流着血。

韦江歌眼睛湿润了，但他还是笑着说："起来吧，多吃点饭，不吃饭怎么行啊。"

可大伙还是没有动，因为太累了。

韦江歌又提高嗓门说："起来！起来！吃饭也是任务。"

战士们听到他说吃饭也是任务，这才起来忍着疼痛，勉强吃了几口饭。

晚上，战士们躺在铺上时，韦江歌问大家："谁不行，明天就休息，日子还长着呢！"

话音刚落，战士们劲头又来啦，争先恐后地说："我行""我没事""我不需要休息"。

第二天,起床号一响,全班又一个不落地上了工地,工地上又出现了抢大铁锤竞赛的动人场面。

就这样,战士们苦战三个月,圆满完成了任务。

西南军区文工团来部队慰问演出时,音乐家时乐濛根据指战员们在工地讲的豪言壮语,写出了那首后来唱遍全国、激励过几代人的著名歌曲《二郎山之歌》:

二呀么二郎山,
高呀么高万丈,
古树荒草遍山野,
巨石满山冈,
羊肠小道难行走,
康藏交通被它挡那个被它挡。

二呀么二郎山,
哪怕你高万丈,
解放军,铁打的汉,
下决心,坚如钢,
要把那公路修到那西藏。

不怕那风来吹,
不怕那雪花飘,
起早睡晚忍饥饿,

个个情绪高，
开山挑土架桥梁，
筑路英雄立功劳那个立功劳。

二呀么二郎山，
满山红旗飘，
解放军，通了车，
运大军，守边疆，
开发那富源，
人民享安康。

前藏和后藏，
处处遭灾殃，
帝国主义国民党，
狼子野心狂，
人民痛苦深如海，
日日夜夜盼解放那个盼解放。

中国共产党，
像那红太阳，
解放军，真坚强，
下决心，进西藏，
保障那胜利，
巩固那国防。

前藏和后藏，
真是呀好地方，
无穷的宝藏没开采，
遍地是牛羊，
森林草原到处有，
人民财富不让侵略者他来抢。

要巩固国防，
先建设边疆，
帐篷变高楼，
荒山变牧场，
侵略者敢侵犯，
把它消灭光！

十二团再战折多山

1950 年 8 月，十二团完成在二郎山的修路任务后，沿着当年中国工农红军长征的路线继续西进。

1950 年 10 月，部队到达了第二个筑路地段折多山。

政委张启泰同志站在桥头向部队讲话，他号召大家：

我们现在是进行着新的长征，要为新的共和国谱写新的篇章。

大家早就查过资料，折多山位于康定西部，是名副其实的高山、雪山、风山，海拔 4900 多米。

官兵们的高山反应可怕得吓人，其中有些人脸肿、唇青、头昏脑涨、恶心呕吐、心跳加快、站立不稳。

山上凛冽的冷风吹在战士们身上，像根根无形的钢针，透过肌肤血肉直往骨缝里钻，使战士们的手、脚、耳朵、鼻子在不知不觉中麻木。

六连一个战士，扛着三四十公斤重的工具上山，快到山顶休息时，一下坐在地上，就再也没有起来。一个鲜活的生命，就这样悄然离开了人间。

全连的战士们悲痛不已，把他埋在了折多山。

由于筑路条件很落后，各种保障在"生命禁区"都显得苍白无力。

战士们几乎见不到绿色,更谈不上吃到新鲜的蔬菜,除了粉条、大米、大豆、花生米外,别无可供食用的食品。

许多战士由于缺乏鲜叶绿素和维生素,腿上长满了大小不等的紫斑。

饭菜如此,战士们用水更是难上加难。在冰天雪地中劈山开路,冰水、雪水成了大家的生活水源。

有的战士归纳用"九九归一"来形容取水之难。"九九归一"说的是用9盆雪,方才化出一锅水。

炊事班的战士整天用仅有的几个行军锅抬雪化水,雪化得很慢很慢,仅够做饭、洗菜、烧开水之用,战士们洗脸、刷牙的水则全靠掘冰取水。

由于战士们洗衣服、洗澡的水无法解决,好多人的衣服无法换洗。战士们的头脑中几乎不存在"洗澡"的概念。好多人的衣服不知不觉生出了虱子,但他们却从未有人捉过,一是因为紧张的施工使他们无暇顾及;二是因极度劳累,他们的皮肤几乎到了麻木的程度,根本感觉不到虱子的存在。

后来,战士们住的条件有了改善,一个班发了一顶帐篷。

但是,搭起的帐篷根本挡不住肆虐的寒气,外面下大雪,里面飘雪花,外面刮大风,里面冷气吹。

战士们的帐篷内潮湿不堪,而且十几个人挤在七八平方米的帐篷中，大家只好直着身子，头脚交错，身贴身并排挤着躺下，你的脚搁在我的脸上，我的脚挨着他的脸。

战士们没有地方洗澡，没有地方洗脚。这个睡法，谁都觉得臭不可闻，但再臭也得闻，因为大家谁都明白，就只有这个条件，只能艰苦奋斗。

如果谁半夜起来"方便"一下，回来后就可能找不着自己的"床位"，因为"床位"已经被旁边的战友在睡梦中无意识侵占了。扒了这条腿，那条腿又伸过来，推了那个背，这个背又挤过来，往往要叫醒三四个人才能挪出一个位置。

荣立一等功的八连班长冯家礼，常在班里讲自己的体会：

当兵就得吃苦，吃苦能创造人间奇迹，不吃苦，什么也干不成。

冯家礼的这句话，后来成为该连集体的座右铭。

在这里施工，战士们的作业条件比在二郎山先进了一点儿，那就是军指挥部给每个班发了两根大铁撬杠。

遇到特大的石头，撬杠和人肩排起来，喊着号子，使出吃奶的力气，使出浑身的解数，吭哧吭哧地撬、推、滚。

战士们的手上、肩上几乎找不到一块像样的皮肤，血泡连血泡，旧伤添新伤。

但他们轻则用舌头舔舔，算是消毒，重则抹一下红药水，就继续上作业面干活去了。

战士们晚上睡觉，肩膀不知道放在哪里好，碰到被子痛，碰到枕头也痛。但到第二天天刚亮，他们又是雄赳赳、气昂昂地直奔工地。

战士们已经对工地产生了无限的依恋之情，只要上了工地，似乎什么疼痛全忘了。

1950年12月底，折多山筑路工程宣告竣工。

十二团在塔公寺架木桥

1951年，十二团要在塔公寺架木桥，这是一项全新而又艰巨复杂的任务。

部队架设木桥，首先是把直径30厘米粗的圆木桩一排排地打进河床，上端放上冠材，铺满圆木，再铺10厘米厚的木板，而后用"两爪钉"固定。这样，桥的载重可达10吨。

桥形看似简单，但在当时却是一项尖端工程。十八军筑路指挥部往往以此衡量一个部队的战斗力。

部队架桥用的工具，仍然是十字镐、铁锹、钢钎和8磅大铁锤，只是增加了绳索、大板斧、大锯条和打桩用的铁夯。

而部队架桥难度最大的工序是伐木、运木。木料运输成了大问题。

木料虽然可以就地取材，但就地却不是就近。因为按藏族习俗，近山是"神山""圣地"，一棵树、一根草都不能动。

部队尊重民族习惯，做饭烧柴、建工棚用料、架桥用木，都要到距"神山""圣地"较远的山上去伐。

全团三个营，一个营架一座木桥。伐木地点近的8公里，远的10多公里，运输极为困难。

指战员们把树伐倒之后，拼着人力肩扛，手推，人拖，遇坡爬坡，遇泥踩泥，遇到乱石堆，也要歪歪扭扭地走。人们摔得一身水，一身泥，战士们的手上、脚上、肩上不知磨出多少泡，流过多少血。

战士们穿的棉衣，面子几乎全部绽开，一团一团的棉絮露在外面。棉袄扣子磨掉了，他们就在腰间用根草绳扎住。

战士们脚上的鞋龇牙咧嘴，几乎没一块完整的地方。

部队扛运木料的劳动强度，比穿山凿石还要大，因而伤病员逐渐增多。

尽管如此，战士们蒙头睡大觉的却非常少见，他们除非到了病痛站不住的地步，否则没人肯下工地休息。

因为大家都清楚，自己躺下来就给其他的同志增加了工作量，因此谁也不忍心这样做。

任何战役都会有牺牲，施工也不例外。工程越大，死亡率越高，可以说这是个规律。

一天，三营八连在一面山坡上伐树。锯声、斧头声、树倒下来的撞击声和运木声在大山里回荡。

紧张之际，意外情况发生了。六班伐倒的一棵树，砸在另一棵树上，失去了控制，改变了既定方向，大树眼看就要倒在四、五班伐树地点。

危险时刻，八连二排排长刘喜昌发现了，他立刻向四、五班伐树地点猛跑，边跑边撕破喉咙地大喊："快躲开！快躲开！"

修路架桥与施工

战士们躲开了，可这棵大树劈头盖脸地砸在了刘喜昌的身上。

全排同志跑过来，扑向这棵压在排长身上的大树，拼尽全身力气抬呀，抬呀，总想千万别出事故。

大家把大树从刘喜昌身上抬离，一起含着眼泪大声呼喊："排长！排长！"

大家看得出来，刘喜昌想动，但他已经动弹不起，想说话，但也只能呻吟两声。

然后，刘喜昌极其痛苦地挥了挥抬得很低的手，示意同志们去干活。接着，他微微一笑，离开了人间。

刘喜昌就这样走了，没有留下遗书，没有留下遗言，也没有握手告别，但却留下一个微笑，意在告诉自己的战友："我走得坦然，走得无怨无悔。"

部队把刘喜昌埋在了塔公寺。当整理他的遗物时，除了一个针线包和补丁摞补丁的衣服、鞋子外，其他什么也没有。

全连架好木桥，离开工地时，特意到刘喜昌的墓前悼念，与他挥泪告别。

历时两个半月，三座各长50米的木桥终于建成。

部队把一营架的桥取名叫"学习"，二营架的桥取名为"努力"，三营架的桥曾受到军指挥部表扬，命名为"加油"，表示不仅要在战争中学习战争，还要继续加油，更上一层楼。

十二团雀儿山上修公路

1951年冬，十二团来到雀儿山筑路。这是一段时期以来他们筑路最艰苦的地段。

十二团修筑雀儿山这段路时，正值雀儿山大雪纷飞的季节。青藏高原的严冬"千里冰封，万里雪飘"，种种困难对常人来说是无法忍受的，是非常难以克服的。

大家听到当地流传着这样一首民谣："雀儿山，五千三，山顶插在云上边，飞鸟也难上山顶，终年积雪冰不断。"

被誉为"铁人"的八连八班班长韦江歌听了，心中很不服气，把脚一跺说："山再高，也没有咱的脚板高，上！"

韦江歌背上30多公斤重的工具和粮食，全连第一个登上雀儿山。

部队向雀儿山开进，人人背着帐篷、被褥和筑路工具，重量不下40公斤。

雀儿山肆虐的狂风，几乎能把人卷走。干部战士手拉手、臂挽臂，迎风傲雪，在极度的寒冷里艰难行进。

大家这时已经知道，海拔4300米以上的高山，空气极其稀薄，属于"生命禁区"。而他们现在是在海拔5300米的雀儿山筑路，由于缺氧，人人张大了嘴，喘着粗气干活儿。

雀儿山特别地冷,尽管战士们穿着厚厚的棉袄、棉裤,还直打哆嗦。

战士们作业时,手一摸钢钎,立即被粘在钢钎上,稍有不慎,手上的皮肉就会被撕去。手脚冻得裂开了血口子,脸颊冻得青一块、紫一块。

挖冰比爆破石头还难,战士们一锤一个白点,一钎一道白痕,放一炮,只能炸成一个"漏斗洞",急得他们直跺脚。

战士们盛在碗里的饭,边吃边冻。但战士们自有对策,他们弄来树枝或荒草点着,围着火堆就餐,就再也不用吃"冰点"了。

战士们睡觉也是一个大难题,他们支起的帐篷不是被风刮翻,就是被雪灌满,冻得战士们只好穿着衣服戴着帽子睡觉。

战士们早晨醒来,眉毛、胡子以及被褥枕头上全是霜雪。身体底下的冰雪被体温融化时,发出细细的声音。但战士却以苦为乐,把这编成顺口溜:"睡在冰岩上,好像钢丝床,夜半梦中醒,却闻音乐响。"

战士们的筑路环境如此严酷,但战地气氛却非常热烈,工地上到处震荡着嘹亮的口号:"山再高,没有我们的脚底高""天再冷,没有我们热血热""叫高山低头,叫冰山让路""雀儿山扎下营,势将高山打通"等等。

任务重、时间紧,干部、战士齐上阵,现场情景着实动人。

所有人都穿"冰衣服",都抡8磅锤,在工地上分不出谁是官,谁是兵,打锤赛次数,穿孔赛进度,刨冰赛数量,路基赛质量。

那么冷的天气,而大家头上都冒着热气。汗水从棉衣里往外淌,雪花从棉衣外往里钻,加上狂风刺骨,衣服冻成冰坨,用手一敲,嘣嘣直响。

每天上工时,"摔冰衣"成了官兵们的"必修课"。

大家把冻得结结实实的棉衣高高举过头顶,往石头上猛摔几下,再用脚咔哧咔哧把冰踩碎,提起来抖抖冰碴子,才能凑合着穿上。

一热一冷,造成了极大的反差,很多人三天两头地发烧、感冒。

用一等功臣五连战士杨茂五的话说:"轻伤不算伤,小病不算病,只要还能动,坚决干革命。"

有一天,天快黑了,三营教导员贾文举到工地察看,他见大家还在紧张地打眼放炮,根本没有收工的迹象,他实在是心疼,就命令大家收工。

命令归命令,但这里到底不同于枪对枪、刀对刀的战场,所以战士们谁也没有停工。

贾文举火了,抓住八连三排排长田德山的胳膊大吼:"带头给我撤!"

田德山为难了,此时此刻,他知道这个头带不起来。田德山放下手中铁锤,呆呆地站在那里,一时不知道该怎么办。

战士刘忠见状，跑过来给贾文举敬了个礼，恳求道："首长，天还不很黑，我们再干一会儿，一定收工，请首长放心，就干一会儿。"

贾文举见发火不顶用，就回营部去了。

大约过了半个多小时，贾文举带着营部的参谋、干事又到工地。贾文举一看还不像收工的样子，他命令参谋、干事到作业面拽人。边拽人，贾文举边发火："你们还要不要命！"

大家只好收工。

还是那个刘忠，边走边叽咕："命也要，打通雀儿山也要。"

工地距驻地只拐了一个弯，大家却觉得脚下的路很长很长，收工路上你提醒我，我搀着你，一不小心落下，就会倒在地上睡着了。

一次七连在开饭时，发现一名叫高中立的战士不见了，左等右等还没有回来。大家就分头寻找，最后在便坑上找到了睡得很香的小高。显然，他是因为太累，解着手就睡着了。

当部队胜利完工离开这里时，只见这雀儿山的树上、石上、土坎上、山坡上，到处都刻下官兵们的豪言壮语："英雄好汉，大战雀儿山""雀儿山低了头，公路向前走""解放军铁打的汉，公路修上雀儿山"等等。

在抢修雀儿山公路最紧张的时候，共产党员张福林，用自己的鲜血写下了永垂不朽的史诗。

张福林原是一个500米内百发百中的机枪射手,他曾参加过太原、秦岭、成都等地大小战役10多次。

在部队接受进藏任务后,张福林升任了小炮班长。

这次抢修雀儿山公路,张福林的小炮班担任了爆破任务,他们虽然不分昼夜地和雀儿山进行着激烈的炮战,但是一炮只能炸掉不到两立方米的石头,照这样,什么时候才能把一座山炸出一条路来呢?

当时整个部队都在研究改进放大炮的技术,张福林表现特别积极,他日夜向工程师和战友们学习。

最后,张福林终于研究出改善装药方法和利用石缝放炮的办法。

张福林第一炮装药70公斤,炸掉了570立方米的石头,第二炮装药40公斤,炸掉了470多立方米。

张福林"放大炮"的经验,很快在部队中推广开来。

1951年12月10日中午,部队已歇工准备集合吃饭。张福林率领着他的小炮班正在忙着装药进行爆破,他一面检查每个炮眼是否够深,一面又接着导火索上的雷管。

可正在这时,一块两立方米的石头突然坠落下来,重重地砸在张福林身上,张福林立刻昏了过去。

张福林醒来的时候,没有呻吟,也没有流泪。他难过地对指导员说:"指导员,我心里明白我是不能活啦!现在我口袋里的钱,作为我最后的一次党费。请你告诉党组织,说我再不能为人民服务啦!"

在张福林说最后两句话时，声音很低很哑，脸上满是痛苦的表情。

张福林看见周围的同志们都在流泪，就振作起精神说："你们不要看我啦，赶快上工去吧。以后接受我的教训，注意人员安全。"一个钟头后，张福林牺牲了。

张福林牺牲后，师党委追认他为"模范共产党员"，并追记一等功，国家交通部授予他"筑路英雄"的光荣称号，他所在班被上级命名为"张福林班"。

军民携手西线筑路

1952年5月5日，十八军已经进驻到拉萨的部队，包括五十二师师直、一五五团、军直炮兵营和1800名藏族民工，开始由拉萨往东修筑康藏公路。

1953年1月，西藏军区和地方政府专门成立了筑路委员会，军区政委谭冠三为主任，西藏地方政府的噶伦索康·旺清格勒、军区参谋长李觉、军区政治部主任刘振国为副主任，负责领导西线的筑路工作。

筑路委员会下设筑路指挥部，由苏桐卿和西藏地方政府官员吞巴堪穷分任正副指挥长，李传恩、杨军、程培兆先后任政委。

筑路指挥部再往下，又根据所分的三个施工段，设有三个分指挥部，分别由张铭、王磊、潘汝扬任指挥长，王磊之后由曹士炎继任。西藏地方政府官员夏江索巴、罗珠朗杰、马雅分别任副指挥长。

中共西藏工委和西藏军区还抽调了一些干部到指挥部工作。

1953年4月20日，西南公路工程局第一施工局迁至太昭。局长为程培兆，总工程师是谢元模。第一施工局归西藏军区领导，由李觉参谋长分管。

部队西线筑路，最艰险的工程是征服敏拉山。

敏拉是康藏公路西通拉萨的最后一座大山，它的垭口海拔4976米。山上悬崖怪石遍布，夏天也飘雪花。尤其是皮康崖，几十米高的陡壁犹如刀削，下面是水流湍急的尼洋河。

部队听到有人说，"那是山羊也爬不上去的悬崖，除非是神才能在那里修出公路来。"甚至还有人说，"公路触犯了神山，永远也修不通的。"

部队在那里修路，用"苦战"二字来概括是一点也不为过的。

有一次，部队的帐篷一夜之间就被大雪压垮了37顶。

部队的粮食也不够，他们只好抽出四分之一的人员去挖野菜，每人每天靠两三斤野菜维持体力。

部队各种用品十分匮乏，没有脸盆，他们就在地面上挖个坑，铺上油布，倒进水去洗脸。

从8月到9月，军民并肩战斗了30多个昼夜，终于把公路修成在敏拉山上。

早在1953年初，原西藏地方政府就调集工布、山南、塔博、日喀则、拉萨等地4万多名民工，参加修筑康藏公路。

5月，西藏地方政府派藏族民工参加部队修建康藏公路。

这些民工，大多数是西藏地方政府作为支乌拉派来的，支乌拉是旧西藏的一种无偿的差役制度，可以说，他们是以农奴和奴隶的身份来的,都是些受尽了压迫剥削之苦的人。

这么多藏族民工在西线参加筑路,也有特殊困难。那里远离后方,公路不通,供应十分紧张。西藏军区为了保证他们的生产、生活、看病等方面的需要,特地从国外购进了部分土石方工具,并调配了帐篷和卫生员、药物、医疗器械。

西藏贸易公司还在筑路工地设点,供应民族用品。

藏族民工来自四面八方,许多人没过惯集体生活,需要做大量的组织工作。

首先,在指挥部的统一领导下,将他们编成班、队,每20至30人编成一班,若干班编成一个队。

藏族民工参加筑路劳动,都是给工钱的。平均下来,每人每月可得80(银)元左右。民工们拿到了工资,而且如此之多,他们自己都不敢相信。

藏族民工们双手颤抖,热泪盈眶,有的竟然跪了下去。他们祖祖辈辈给政府、寺院、贵族三大领主支差服役,何曾领到过半文报酬啊!

1953年10月,各地筑路民工回去秋收。其中有一支藏族小分队,是由一些没有土地的人组成的,他们自愿要求留在工地继续干。

西线筑路指挥部同意了,派一名解放军来领导,并让格桑杨岗当翻译。这支小分队的领队叫格桑朗杰,他原来是色拉寺的喇嘛。

从此，这支队伍正式命名为"藏族自愿民工队"。队里共有男工38名，女工12名。

因为藏族自愿民工队是自愿留下修路的，是一支独立的队伍，性质上和各差派的民工有所不同。

1953年底，指挥部叫藏族自愿民工队成员回拉萨去发展队员。

队员们在拉萨附近一些破烂的帐篷里，找到许多讨饭的藏族贫民。

这些藏族贫民听说要修公路，都踊跃报名来参加。一些在拉萨当小工的和从农奴主家逃跑出来的用人，也纷纷加入了藏族自愿民工队。

藏族自愿民工队一下子发展到500多人，编为4个排，嘎玛、拉巴、米玛、扎西4人是排长。

藏族自愿民工队建立后，先在拉萨到德庆宗一带修涵洞。

1953年秋收过后，各地的藏族民工们自觉返回参加筑路工程。

因为藏族民工没有修过公路，不懂得修路技术，指挥部又派了相当数量的解放军战士去关照、去带领。

藏民们同解放军一起生活、一起劳动，是破天荒的事。施工的过程，正是他们认识和了解解放军的过程，也是彼此建立深厚感情的过程。

由于历史上形成的民族隔阂比较深，藏胞对解放军也缺乏了解，语言又不通，再加上坏人的造谣挑拨，很容易产生误会和怀疑。譬如，有的战士帮他们烧茶，他们不但拒绝，竟然还把锅守护起来，怕战士往他们的锅里下毒。

战士们用十分真诚的爱，用一系列具体的行动，从各个方面表达了对他们的情谊：

战士们看到藏胞累了，就立即让他们休息。

战士们看到藏胞的鞋子破了，就找来皮子补好。

战士们发现藏胞渴了，就去给他们烧水喝。

战士们知道藏胞没有酥油吃了，就用自己的钱为他们买来酥油。

战士们发现藏胞中有谁病了，就立刻找来卫生员给予治疗，有的还背上病人去卫生队，日夜守护。

下雨了，战士们将自己的雨衣盖到藏胞的衣服和糌粑上。

战士们发现藏胞抬土石的用具不够了，还为他们编了大量的背斗。

战士们怕藏胞睡觉时受潮，就为他们搭起高床，还铺上树枝。

部队知道有的藏胞要去念经，就让他们提前下工。

部队本来定了转移工地的时间，但藏民打卦后认为不宜，部队就更改日期。

7月份，西线工地也遭到了洪水袭击，有的藏族民工被淹，甚至不会水的战士都跳进急流去抢救。

这就应了"精诚所至，金石为开"的那句老话，藏胞们不但消除了对解放军的误解，而且加深了对解放军的了解。双方建立了亲密的感情。

1954年春节前，指挥部又调藏族自愿民工队去敏拉山东边的鹿马岭伐木料。

到了7月份，藏族自愿民工队又到工布江达一带配合汉族技工队修桥。

1954年12月初，藏族自愿民工队回到拉萨附近修路和在拉萨大桥工地河滩上打桩。

康藏公路即将通车时，藏族自愿民工队担任在那里修建通车典礼会场和主席台的任务。

原地方政府官员有人散布谣言说："共产党、解放军不许信教。"而藏胞大都是信教的，大家心里害怕，背了个大包袱。

藏族自愿民工队修建庆祝康藏公路通车会场时，藏胞们才丢掉了这个包袱。

那时，会场工地附近有一个玛尼堆，是拉萨城内最大的一个玛尼堆，叫玛松杜崩。每天，都有很多藏民给玛尼堆磕头，围着玛尼堆转经。

藏族自愿民工队为了省点工，便偷偷地把玛松杜崩的石头背去修会场。

有一天，中央驻西藏代表张经武路过工地，正巧碰上藏族自愿民工队去拆玛松杜崩的石头。

张经武看到眼前的情况，随即就把藏族自愿民工队的汉族队长叫去，狠狠地批评了一顿，并让他们重新把玛尼堆恢复起来。

藏族民工们通过这件事，才深信解放军是尊重藏民的宗教信仰的。

工程结束了，藏族民工们要返回家乡，战士们替他们扛着行李，尽可能地往远里送，道不尽惜别之情。

藏族民工们对战士们更是难舍难分。俗话说"送君千里，终有一别"，他们在不得不分别的时刻都流下了热泪。

这滚烫的泪水迅速地融化着往日冻结在汉藏军民之间的坚冰，迎接着西藏温暖春天的到来。

在西线，藏族民工参加筑路的意义是非常巨大的。正如一五四团团长郄晋武说的：

> 上万藏族民工一起劳动，是历史上空前的。
> 这对帝国主义一贯的挑拨，是一大抗拒。

1954年，参加康藏公路西段修筑工程的藏族民工共有9000多人，共修筑公路150公里，大小涵洞57个。

部分藏族民工还参加了大型桥梁的伐木、备料工作。在筑路中藏族民工发挥了积极性，他们在军工、技工的带领和指导下，创造了担架排土、双丝滑土、火烧水激爆石等数十种新的操作法，使工作效率不断提高。

西线军民，从拉萨到巴河，一共完成筑路任务323公里。

五十二师战胜怒江天险

1953 年 10 月，筑路部队工程兵五十二师在怒江摆开了战场。

低海拔的怒江峡谷和高海拔的雪山峰顶，气候大为不同，再说已接近北纬 30 度线，可战士们当时都还穿着单衣。

战士们事先了解到，怒江是康藏路上最凶险的大江。当他们站在离江几里的地方，就可以听见巨浪撞击石岸的怒吼声。

大家感觉到，要在怒江上架桥筑路，那的确称得上是一场硬仗。

一支刚组建不久的工兵部队负责这次架桥，他们当中绝大多数战士从来没有架过桥，也不了解高原山水的脾气。因此他们挑着这副担子，显得更加沉重。

陈明义司令员说：

1953 年要完成 400 公里，这是 1954 年通车拉萨的保证。关键是要战胜几个艰巨的工程，如怒江、然乌沟、牛踏沟。

领导上提的口号是：早修完早休息，晚修完晚休息，不修完不休息。

部队和桥工队共同担任架设怒江桥的工程。

穰明德部长亲自在工地坐镇指挥。

穰明德说：

> 政府和军队在修路中是合同关系，政府出钱，军队出劳动力。修筑康藏公路不只是十八军的事，也不只是为了十八军。以军队为主是对的，这也是中国革命的特点。

穰明德还谈到各方面的支援：

> 全国各地有许多工厂为了支援修筑康藏公路停止了其他工作。有时轮船专运康藏公路用的器材。如果没有全国各地工人的支援，公路是如何修成的就无法解释。藏族人民拿着刀，砍一块石头走一步，是这样给测量队带路的。藏胞能越界运输，畜力不足时，又拿出人力背运，这是从来没有过的，如果牦牛运输完不成任务，军队也就完不成任务。

指战员们的家，都安在公路上，帐篷门对大江。他们在陡险的江岸半坡竖起一排柱子，支起了木板，并安上了栏杆。

新战士从来没有经过这种锻炼，心里没有底。他们走上怒江旧桥向下看，疾驰的江水好似一条恶龙，在脚下呼啸，溅起一丈多高的浪花，让他们觉得头晕眼花。

战士们腰里挂着绳索，脚下蹬着绳索，站满了悬崖陡壁。江水在脚下奔腾，但战士们的钢钎和铁锤却已经震响了山谷。

这正是："你有万丈天险，我有空中战场！"

怒江东岸的公路已经修通，打通石崖的重点工程是在西岸，除了桥工队和他们的少量机械驻扎在东岸，大批部队都驻扎在西岸悬崖后面比较平缓的山坡上。

部队架桥前的头一仗，是劈下桥东头三四十米高的石岩，加宽桥头工地。

一连副连长李开和老工人领先爬上了岩顶。他们打下钢钎，拴上保险绳、风钻后，紧接着爬了上去。

随着他们手中风钻的吼叫，石末漫天飞扬，遮住了石岩上下，没多久，大家就浑身上下都白了，只能看见两个黑眼珠在滚动。

部队开山的土炮声，一天比一天地接近拉萨，康藏公路缓缓地向前伸展。

部队修大桥需要大量的沙石，但桥头附近没有。三连、四连的战士们就到 4 公里远的地方挑拣好筛好，用小车拉到桥头。他们一天跑七八个来回，五六十公里，就这样接连干了几个月。

搅拌混凝土的战士们，常常把汗水拌在混凝土里。

有些天任务急，他们日夜轮班苦战。

藏族同胞组织了数不清的牦牛运输队支援着部队。他们说："路，是为我们修的，我们也要尽一切力量参加修路。"藏胞们不分昼夜地翻山越岭，奔向怒江两岸。

共产党员崔锡明和共青团员张仁义，为了找出一条进入工地的道路，为了让聚集在两岸的修路大军早日向怒江发起进攻，他们曾经爬过两岸上陡直的险崖，胜利完成了探险任务。崔锡明因此光荣地获得了"探险英雄"的称号。

筑路队虽然驻在怒江，但是吃水却十分困难。因为他们住在山顶，山顶没有路通向怒江。怒江天险总是给战士们带来各种各样的困难。

战士们就用油布和雨衣捆成许多水桶，爬过崎岖的陡坡，把水抬到山上。

在这里，部队采用了苏联的先进经验，在有的地段上修筑了巨大的包坎，保证不让公路受到塌方和山洪的破坏。

指战员们表示，既然公路盘上了两岸的悬崖，钢桥就要横跨在江上的山谷。

西南公路工程局局长穰明德来到桥头，检查架桥工程。

前面，公路快修好了；后边，汽车快要来了。架桥工程师紧张地指挥着，技工们夜以继日地工作着，钢桥以惊人的速度向对岸的峡谷伸展。

部队经过研究认为，怒江新桥是一座大型的双曲拱桥，最好先在岸上预制出桥梁构件。

可是部队施工工地太小，劈下半边岩，工地也只有18平方米，展不开兵力，放不下庞大的预制件，设备也不够。

战士们为解决这个大难题，采用了先上拱架然后编钢筋、浇灌混凝土的办法。

但是，上拱架是建桥工程中最艰险的工序，要闯过两道难关：

第一关是要先在江面上空架起6根钢丝绳，为上拱架创造条件。由于江水急，冲力大，8名战士苦战了半天，累得满身是汗，新手套磨得稀烂，才从东岸拉过第一根钢丝绳。6根钢丝绳，战士们整整用两天半时间才全部拉过来。

第二关是上拱架，必须有人站在拱架上，以便把拱架安放到适当的地方。这是江面上的高空作业，安放拱架的人要胆大心细，出不得差错。

战士们都知道这是一件危险的事，偏偏都请求上第一片拱架。

上第一片拱架那天，部队的主要负责同志和郑之和老师傅，亲自在桥头指挥，救护车停在桥头，4位熟悉水性的指战员，乘木筏在江心等待抢救。

战士凌昌权和杨明泽，身上背着几十斤重的夹板和工具，勇敢地登上第一片拱架，大家看着拱架慢慢向怒江高空移动。

这时，江面上忽然刮起大风来，岸上有几位战士一把未按住帽子，帽子就被卷进江里。几吨重的拱架被大风刮得荡来荡去。

指战员们望着拱架上的凌昌权和杨明泽，心提到了嗓子眼。

作预备的战士们，早已扎绑妥当，万一凌昌权和杨明泽出事，他们立即顶上。

凌昌权和杨明泽冒着生命危险，和大风搏斗了10多个钟头，才安好这片拱架。

上好大小拱架先后经历了10多天，大家每天都在和艰险作斗争。

就这样，经过战士们一年多的艰苦奋斗，他们汗洒怒江岸，汗湿怒江桥，手上血泡成老茧，终于使天堑变通途！

怒江新桥是康藏公路全线最高的公路桥梁。在枯水季节，桥面到水面高达60多米，这个高度相当于一座每层高3米的20层楼房。新桥脚踏两岸的石壁，俯瞰碧绿的江水，同怒江旧桥比肩相望，恰似两道挂在怒江高空的彩虹。

五十三师征服然乌沟

1953 年 10 月 25 日，筑路部队五十三师提前完成了年拉和邦达草原的施工任务，将公路通过达玛拉山，从唐古拉山系的支脉，海拔 4600 米以上的初次拉山，朝西延伸过去，前进 20 公里，又钻进了一条崎岖的峡谷。

谷底是一条急湍的小河。在这里，公路必须从高插入云的峭壁中穿过去。来往车辆，到这里用最慢的速度行进着。

这个峡谷就是然乌沟，大家听当地人称"左浪嘎"。然乌沟有三公里长，到处都是狭窄的悬崖绝壁，根本无路可攀。

大家都意识到，要征服然乌沟，又是一场硬仗。

修路的先锋部队，从侧面设法向 60 米高的悬崖攀登着。坚硬的岩石盖着冰霜，两手无处抓附，人们一次又一次地滑下来。

但是战士们没有放弃，有人把鞋袜脱光，带上一根绳子，一点一点向上爬，最后终于爬上去了。

登上崖顶的人，把绳子拴在大树和岩石上，再把绳子顺下来，让下面的人拉着绳子爬上去。

为筑路者开路的先锋队伍，就这样进入了工地，他们勇敢地把身子悬在空间，逐渐地由点到线，开辟了大家的施工岗位，并在石壁上为大家刨出了一个个的脚窝。

先锋队从崖顶上系下一根粗绳当扶手，作为人们进入工地的便道。

千百名筑路英雄，就是从这条所谓的"便道"上爬上岩顶，进入工地的。

从此，大家每时每刻都在"左浪嘎"的胸膛上搏斗着。

他们首先用绳子在空中悬上一块木板，两个人小心翼翼地站在板上，斜着身子把钎子打进崖石20厘米左右，再把木板放在钢钎上固定起来，接着再上去两个人，这才正式开始施工。

同时，他们为了保证人人参加，保证便于爆破和撬石，实行"楼上楼"的作业法，在绝壁的设计路面之内，上下成阶梯形态挂着三排人，相互竞赛穿孔和爆破。

筑路几年来，战士们已经习惯了高原上的风雪。11月，大风雪像要保护然乌沟似的，朝这条本来就很难见到太阳的峡谷疯狂袭来，寒暑表里的水银柱迅速降到零下20度到零下30度之间了。

每天下午，从峡谷外安错湖上灌进来的大风，照战士的说法，"就像刀子刮皮似的"。

清早或晚上，战士们上工的时候，用手一抓钢钎，手心就被冰住了。大家的手背和手心，全部裂成了深深的裂缝。战士们抡起铁锤打下去，锤柄震动着手上的裂缝，裂缝迸出的血溅到钢钎上。然而，他们谁也没有埋怨过。

那天，大家拉着绳子，爬上崖顶躲炮的时候，连长李文生关心地对身边两个青年战士杨朝贵和张绍义说："小鬼，把你们的手伸出来给我看看!"

杨朝贵和张绍义都不吭声，他们笑着把手藏到了背后。

"伸过来吗，怕什么?"李文生又说。

杨朝贵无法躲避地伸出了右手。

李文生看见他虎口上的裂缝，用粗棉线缠得密密的。李文生的眉头忽然皱紧了。

李文生拉着杨朝贵的手，半天不吭声。因为他知道，什么手套也是抵不过钢钎和岩石的，3天就给磨坏了。

最后，李文生掏出一小盒冻疮膏交给杨朝贵：

"拿去用这抹抹吧，可能好一点。这样缠起来不疼吗?"

"连长同志，一点也不疼，早就磨成死皮啦。这样缠起来，打锤的时候，不会再扩大。"杨朝贵仍旧笑着。

张绍义为了证实杨朝贵的话，他急忙也把手伸过来说："你看，真的呀! 一点也不痛。"

李文生随即又拉着张绍义的手，对他说："这一盒油你们俩用吧!"

战士们感觉最麻烦的要算夜间作业了。电灯挂了3公里长在悬崖的重点工区，因发电机只是一个破旧的汽车引擎，再加上风雪袭扰，线路又过长，所以时常发生故障。

有时，夜已经很深了，人们正发困的时候，电灯却突然熄灭了。战士们悬在空中，被夜风摇动着。他们感到，好像整个然乌沟都在动。

工作一停下来，就有一种莫名其妙的疲劳向战士们身上压来，让他们觉得浑身发软。这时他们就叫着彼此的名字，说着、笑着、鼓励着。

就在这时，还有人凭着熟练的技巧，把棉花捆在钎子尾上，抡起铁锤，看着棉花的白点，一锤一锤地打下去。

尤其让战士们心焦的，是有时电灯发生故障，却正是要开始爆破或者是引火索都已点燃的时候。

大家在黑暗中着急地拉着绳子，用脚尖在石崖上摸着一个个的脚窝，急忙地登上崖顶去躲避。

战士们说，这种紧张困难的情景，除非亲身经历，是无法想象得到的。

有一次，正是这种紧急关头，战士李兴龙爬到中间，一脚踩空了，他突然喊了一声。

在李兴龙身后的人，立即用手竭力把他按到石崖上，前面的人赶紧拉住了他的一只手。

一直到爬上崖顶，大家才知道，原来李兴龙的右臂脱了臼，只剩下左手死死地拉着绳子。

就这样，战士们日日夜夜地辛苦工作。他们以每天平均超过标准工作效率 198.7% 的速度，同然乌沟的绝壁搏斗着。

但是，战士们自己仍然感到工作效率太低，时间过得太快，眼看着1954年的元旦已经向他们挥手了。保证1954年通车拉萨的责任感，召唤着战士们发挥更高的智慧。

这天，六连在作业中，发现崖壁下边几十米的地方，好像有个天然洞。大家都想到，如果能够利用天然洞放个大炮，那就不只争取了时间，而且也不知要使工作效率提高多少倍。于是大家决定首先派人下去看一看。

陈文回自告奋勇，下崖侦察天然洞！

临下崖的时候，干部们亲手把绳子拴到陈文回的腰上，嘱咐他说："要是不行，就快上来，吊久了人可吃不消啊！"

绳子刚放下10多米，陈文回就有一点受不住了。他感觉全身的血好像冻住了，上下牙碰得直响。绳子越摆越厉害，他觉得眼前呼呼冒着火星。

陈文回吃力地咬紧衣角，自己对自己说，不管怎样，反正绳子是不会断的。

等绳子放到20多米的地方，陈文回看见了那个像盂口一样大的天然洞了，并且洞口还长着原先他在崖顶看到的荒草和小树。只是，洞口在崖子的洼部，绳子是垂直下来的，陈文回的身子离洞口还有两米。

于是陈文回拼命用身子摆动绳子，像荡秋千那样，企图把身子甩到洞口上去。

但是，第一次因为用力过猛，陈文回没有抓住洞口边的小树，叫崖子给碰回来了。第二次，他费了很大的劲，才算抓住了一点东西，他的身子才在洞口停下来。

陈文回爬进洞去，发现里边很大，像个葫芦样，中间细，两头都能站起人来。

陈文回用手摸摸，四周全是光滑的石壁，一点裂缝也没有。这真是一个天然的大药室啊！

第二天，陈文回带着工程人员，又下去了一次，并画出了洞的图样。

经过上级的精密研究和计算，认真进行了多次修理加工之后，在洞内装上了炸药。

12月21日的黄昏，发出了一声震动天地的巨响，7000多立方的坚石，像破烂的砖瓦似的，从骄傲的然乌沟的肚子上剥落下来。

六连用这样的天然药室争取了时间，而其他连队却用钢钎和臂膊战胜了然乌沟。

干部们从最高首长，直到班排负责人，没有一个不是日夜生活在工地上的，由于劳累，他们的眼睛里全都充满了血丝。

连长陈家才晚上睡觉休息的时候，嘴里还喊着："保证通了，保证通了！"

团部卫生员、一等功臣罗克缧出于本身职责考虑，常在各连队的连长指导员面前求情："你们讲讲，叫同志们注意爱护身体，人不是铁打的啊！"

有一天，罗克缥在作业面上挨个给受伤的战士消毒、包扎伤口。当罗克缥看到那么多战友手上打泡、肩头上渗血，一时承受不了这个现实，心里很不好受，抱着药箱子，蹲在帐篷外面，一个劲地抹眼泪。

在那个时候，繁重的任务压在肩上，稍微松气，就有完不成任务的危险，就有被远远甩在后面而难以再赶上的危险。在这种情况下，工地出现那么多伤员，很正常，也让人很理解。

战士们夜以继日地以自己的血肉之躯和坚硬的石头打交道，伤亡也是防不胜防，躲不胜躲，在所难免的。尽管采取了各种预防措施，谁也不敢保证能完全避免发生事故。

其中有一段所筑之路，放炮最多，山体受到排炮的震动，峭壁突然滑坡，有三名战士在毫无防备的情况下被埋在巨石之下。

战友们疯了一般地扑上去扒石头。

当战友们扒出三位烈士的遗体时，他们紧紧地搂着自己的好兄弟，悲痛万分。他们怎么也想不到，仅仅几分钟前还有说有笑，肩并肩地打锤、掌钎的战友，就这样走了，走得这样突然，突然得实在让人难以接受。

七连一个安徽籍战士，全身血肉模糊，他的班长吴文喜特别难受，提出要送他一程。经连长同意，吴文喜把烈士的遗体绑在自己身上，一路走着、哭着、叫着烈士的名字，把战友送到连队驻地。

还有一个河北籍战士，四肢砸烂，鼻子已看不见，连长曹积贵给他洗净脸上的血迹，然后"安慰"烈士说："咱收工了……"轻轻地用被子把烈士抬回连队驻地。

八连一个广西籍的小战士，躯体卷曲着，手中还握着大铁锤。在魂归故乡之前，他还喊了一声"毛主席万岁"，虽然声音很弱，但语气很庄重。

部队把三位烈士全部埋在了然乌沟。

八连在完成自己的任务之后，为了保证1953年打通这条峡谷，为1954年通车拉萨创造可靠条件，他们又从炮兵连借过来一个7米高、11米长、5米宽的打炮眼专用的石嘴子。

于是，八连连夜打了炮眼，天明第一次爆破，山石就被切去一大块。接着，中午一次，夜晚又一次，这座最后的石岩，300多方顽石全然不见了。

顽强险恶的然乌沟峡谷，被切去了22万方坚石之后，终于驯服地低下头来。

康藏公路，这条平坦的通往祖国边疆的路，就这样，在然乌沟的腰间穿过去了。

康藏公路通过波密

1954年春，筑路部队进入波密地区施工。

在此之前，十八军第五十三师的筑路大军，修通了年拉，穿越了邦达草原，提前完成了1953年度的任务。五十四师的筑路大军也战胜了怒江天险。

康藏公路按照中央确定的走南线的蓝图胜利地前进着，这就要进入波密地区了。

这时，供应工地运输的任务就要落在波密地区藏胞的肩上了。

但是筑路部队发现，波密地区人烟更为稀少，原来估计可以有3000头牲口参加运输，结果只有1000多头，但这已经占了波密牲口的70%。再说正值春耕大忙季节，部队也不愿耽误群众的生产。

于是部队果断地采取了一项紧急措施，组织人员，自己背粮。

3月份，部队结束冬训，4月份部队背了一个月的粮，到了5月，部队才开始施工。

背粮的部队以连为单位，集体往返。说是一站20公里，这只是个约数，其实远在30公里以上。再加上林密路滑，道路崎岖，非常难走。背粮部队每天天不亮就出发，在黑暗里打着手电筒前行。有时，树上的猴群被惊动了，在枝条间乱窜，攀断了枯枝，差一点砸到他们的头上。就这样赶早，也常常要在天黑才能回来。

波密属亚热带气候，雨水多，地面泥泞，给背粮带来了更大的困难。每到这时，大家就将雨衣盖在粮包上，宁可自己挨淋。

战士们都知道，此时、此地，粮食是"宝中之宝"。

雨水顺着战士们的脖子往下淌，体内汗水不停往外冒，真是内外夹攻，黏黏糊糊，他们身上有一种说不出的难受。

波密地区的藏胞都在自己的田里忙着春耕，他们时而站立，透过青稞地边的木篱笆，眺望着解放军的背粮队伍。藏胞们看到，背粮队伍像一道淡黄色的河流，蜿蜒流淌在浓绿的丛林之中，形成了波密地区从来没有过的奇观。

藏胞们纷纷赞叹，这些军人每人的肩上都扛着一个麻包，里面装着30公斤重的大米，走的是坎坎坷坷的小路，身上冒着汗，却快乐地唱着歌前进。

藏胞们不禁向部队招着手大声喊："嘎林！"这是藏语，"辛苦了"的意思。军人们则高声回答："嘎玛林！"意思是说"不辛苦"。

第二施工总段先遣组奉命去帕隆建立驻地和安排施工。

在松宗站的帐篷内，先遣组党支部书记武文周向全组做了动员报告，介绍了沿途概况和行军安排。

先遣组出发了。

波密的春天很美,原始森林中的奇花异草和飞禽走兽尤其喜人。大家在饱览大自然风光的愉悦心情下,似乎都忘记了高原缺氧和在乱石丛林中行路的种种艰苦,不知不觉中送走了朝阳,迎来了晚霞,到达了当天的宿营地扎木。

先遣组在江边搭起帐篷,铺好地铺,在江水的轰鸣声中入睡了。

第二天,先遣组要通过古乡冰川泥石流沟口。

由于泥石流挡住了去路,先遣组只好绕道从河对面的悬崖绝壁和森林沼泽地带通过。

当全组人员艰难地走过沼泽地,抱着独木梯爬到很高的岩顶上眺望冰川全貌时,只见沿江两岸几十米高的山坡都被泥石覆盖着。

大家都看得出,这里曾经有过泥石流暴发。

先遣组从古乡冰川下游渡江到北岸,再往前行,就到了加马其美泥石流沟。沟还不算很深,但山势陡峻,很难通过。

先遣组走近时,只见在距江面近百米高的地方,断断续续地残留着行人的足迹。

他们听说,每逢雨季,过往的行人往往受泥石流的袭击,不少藏族同胞葬身于此地。

先遣组只好先用花秆探索前进方向的泥石是否稳定,然后轻轻地踏上脚,缓缓地向前移动。

前面的人同时不断向走在后面的人发出信号，时走时停，时进时退。

就这样，先遣组人员风餐露宿，爬悬崖，过峭壁，跨流泥，走草地，经过几天的急行军，终于到达了帕隆藏布江与东久河汇合处的帕隆。

大家在帕隆河边的山坡上，找了一块较平缓的地方，建立二总段驻地。并就地采伐了一些木料，搭起工棚和床铺。

在先遣组伐木时，草丛中的旱蚂蟥不断向他们袭击，偷偷地吮吸着他们的血。草虱子施放着麻醉剂，在他们不知不觉的时候钻到他们的皮肤下吸血。等他们发现草虱子时，已很难将它们拉出来，甚至还需开刀治疗。

还有丛林中的漆树，使许多人过敏而全身红肿，行动和饮食都十分困难。

先遣组就在这种种困难的威胁下开始了工作。

先遣组的第一个战役，就是要在江边石壁和大大小小的泥石流沟上修建施工便道，为大规模施工创造有利条件。

先遣组经过几天的努力，终于顺利地完成了测量、放样和部署施工的任务。

随后，先遣组便同筑路战士一起，投入了选炮位、算药量、修堡坎、架桥梁等紧张而繁重的筑路施工中。

1954年夏天，波密地区的气温很高，降雨量特别大。帕隆藏布江两岸大大小小的冰川都因气温升高而大量融化。

　　融化的冰水夹带着坡脚下累积的泥土和岩堆，随着陡峭的山谷倾泻而下，阻塞河道，使帕隆藏布江的洪水猛涨，把部队刚刚修建的公路成段地淹没或冲毁，许许多多沿江修的挡土墙和桥涵，都被洪水一扫而光。

　　而且，从祖国各地运来的筑路物资，也受到很大损失。

　　尤其令大家痛心的是，正当大家在帕隆附近的崖壁便道上甩开膀子大干的时候，由于地震，突然使长30米、宽5米的整段岩石路基坠入江中。正在这段路基上施工的9名战士，被凶狠的江水卷走了！

　　这些意想不到的困难和问题，就是较有经验的老工程师也感到很难对付。

　　怎么办呢？

　　部队经过深入的调查研究之后，他们开始了大量的改线测量和设计工作。

　　第二总段总段长兼师总工程师李昌泽带领测设队，在第二施工局总工程师李昌源的指导下，爬遍了沿江的山坡，对地形和地质复杂的路段测设了若干比较线，然后从中选出既能防止洪水袭击又易于施工的路线来进行抢修。

　　另外，测设队还对流泥、塌方、岩崩等所处位置的水文、地质等具体情况，以及形成这些灾害的原因，逐个地进行详细调查。测设队充分利用当地盛产石料和木材的有利条件，分别作出符合当时当地情况的特殊设计。

正在筑路部队对水毁后巨大的工程量和许多疑难问题发愁的时候，交通部副部长潘琪、修建司令部政委穰明德等来到工地上，同大家一起总结水毁的经验教训，重新部署施工力量，同大家一起为降服帕隆藏布江这条蛟龙而共同战斗！

大家在筑路部队党委领导下，在成千上万筑路战士的实践中，经过对前段施工的总结，对波密地区雨季施工的特点逐步有了认识，并及时提出了有效的措施：

第一，首先搞好排水，将山洪引导到较安全的地方排出；有计划地开沟，把水引到土方工作面去，利用水力冲刷与人工撬挖相结合的办法进行土方作业，使工效提高了几倍以至几十倍。

第二，采取分段突击、当天成型的办法，来对付流泥和塌方。即在做好机械、材料等充分准备的前提下，使当天开挖的路基，当天做好挡墙和排水设施，以保证施工一段，成型一段，稳固一段，使之不再被夜间袭来的塌方和流泥所埋没。

第三，对大小不同的泥石流沟，分别采取修筑过水路面和加大桥涵孔径的办法，让泥石流顺利通过人工建筑物，暴雨后只需稍加清理即可恢复通车。

第四，对石方集中的路段，分别采取大、中、小炮相结合，葫芦炮、缝子炮、巴石炮综合运用的方法，以及开展劳动竞赛等办法来提高工效，加快施工进度。

全体官兵经过几个月的苦干加巧干，工地上出现了公路的雏形。

筑路部队的全体指战员，在暴雨越下越大，洪水越涨越高，塌方越来越多，筑路物资越来越少，生活供应越来越困难的情况下，艰苦奋战，想方法，出点子。他们发明和推广了弹弓打眼、单人冲钎、药室和空心爆破、滑板和铅丝运输、活钩和翻板倒料等操作方法，使工作效率不断提高，施工进度不断加快。

全体筑路战士经过日夜奋战，许多流泥和塌方路段筑起了坚实可靠的路基，泥石流沟上也架起了桥梁。每公里多达几万立方米的岩石被抛到了帕隆藏布江，改线后的公路已出现在帕隆藏布江沿岸的石壁上。

但是，阻碍全段通车的难关还不少，许多特殊工程技术问题尚未最后解决。特别是全线闻名的古乡冰川，加马其美大型泥石流，帕隆附近的大岩崩和拉月大塌方等，像一只只拦路虎，严重威胁着公路的通车。

修建司令部穰明德政委为确保按计划通车拉萨，为了尽快地通过波密地区这道难关，他亲自率领精干的抢险队，带着筑路专家和器材，从当时的通车终点札木出发，沿线进行抢修。

穰明德等人在抢通了跨越冰川口的临时便道和好些水毁路段后，又来到了二总段的工地。

部队来到二总段的工地上，首先遇到的是通麦附近的"老虎嘴"。

这是一座高200多米的大悬崖，远远望去，好像一个顶天立地的大石柱，矗立在帕隆藏布江边。

部队原测设的路线是从江边的"老虎嘴"下开半山洞通过，水毁后，这段已开好的半山洞被江水淹没了。

部队被迫改变线路，在崖壁的半腰上开路。为了进入崖壁半腰上施工，部队只好从岩顶上搭绳梯下到施工线上工作。

筑路队为了加快进度，在崖壁的下面布设了3个竖井，6个药室来炸开这段路基。

然而转过这道大崖壁后，又是一个大深潭，碧绿的潭水望不到底。

筑路队为了填筑这段高路堤，他们又在岩顶侧面挖了竖井和4个药室，从这里炸取岩石来埋填深潭，使河水让路。

经过1个多月紧张艰苦的施工，竖井和药室挖好，抢险队运来了大量炸药。

在穰明德政委亲自指挥下，10个大炮同时开炸，一下子就把这段悬崖峭壁炸出了路基的雏形。

接着，工兵八团的战士在空压机的配合下，日夜不停地轮班战斗，总共只用了3昼夜时间，就使满载物资的汽车队安全地通过了工地上的第一关。

第二处"拦路虎"就是帕隆附近的大岩壁。这段岩壁长1200多米，高200多米，公路要从高于江面30多米处的悬崖绝壁上通过。

为了进入工地，筑路队不得不从200多米高的岩顶上放下100多米长的大绳和软梯，在半空中打眼、放炮和施工。

战士正在崖壁上施工，这时，风化的岩石和野兽在山顶蹬动的石头，不时地从岩面上掉下来，严重地威胁着战士的生命安全。

尽管部队在岩顶上加设了岗哨，但仍然有不少战士因此牺牲了。

部队打通便道后，在岩石整性很强的地方布置了大炮群，有的则是开半山洞以减少石方。

1000多名战士艰苦奋战，把大量的石方抛入江心，才在悬崖峭壁上开出了路基。

这时，战士们又发现，因洪水和地震而产生的岩崩还给新修的公路留下了许多缺口。最险的一处长30多米，高20多米，上面是岩崩后再现的"老虎嘴"，下面是汹涌澎湃的帕隆藏布江。

工兵连的战士为了及时抢修好这些大大小小的缺口，冒着生命危险，从溜索上跨过帕隆藏布江，到对岸山坡上去采伐木材，并通过溜索把木材运过江，架设这段岩壁上的旱桥和半边桥。

在当时，战士们要在长30多米、高20多米的大岩崩处架设木桥是很难办到的。

为此，二总段将这一情况提前报告指挥部，请求调贝雷钢架支援。

在筑路队做好了木质桥面和支座枕木的备料加工后，抢险队运来了大批贝雷钢架。

在穰明德政委的亲自指挥下，只用了一天的时间，就架好了这座钢桥，打通了这座大岩壁。

这时，汽车的马达轰鸣声同帕隆藏布江的咆哮声交织在一起，庄严地宣告：康藏公路顺利通过波密！

两线筑路大军会师巴河

筑路大军在战胜了波密地区的洪水、塌方之后,为了保证1954年年底通车拉萨,他们又向色季拉、林芝工地挺进。

穿过拉月后,大军进入东久,住宿在鲁朗。一路上,温暖的气候与热闹的人流相互融合,翠绿的山林与洁白的帐篷相互掩映,开山的炮声与军民的欢笑相互回荡,新修的公路与刚架的桥梁相互连接,东西两线筑路大军会师的日子就要到了!

筑路大军都知道,从东往西推进过程中,色季拉是要最后打通的一座大山,翻越了色季拉,就等于完成了全部的筑路任务。

大家来到色季拉山脚下,看到眼前的色季拉是一座美丽的大山,像是立在波密西端的一扇彩色屏风。春天有翠绿的灌木林,夏天有盛开的杜鹃花,秋天有遍山的野果,冬天有傲雪的松柏。

大家向山的西边走去,沿着雅鲁藏布江的支流尼洋河继续前进,经过太昭,再越过海拔4000多米的敏拉山,就可以达到拉萨河谷。

大家再回头望望东边,漫长的康藏公路,已经修筑到山麓的鲁朗了。

公路必须翻过这座海拔 4400 多米的大山，在太昭以东的巴河与西段的公路衔接起来。

最后一座山，对于工人和战士，对于负责修路的指挥员和工程师，是多么富有吸引力啊！越过最后一座山，眼看就要和西段的筑路队伍会师了，修建在世界屋脊的公路就要贯通起来了。

大家回忆过去的 5 个年头，他们爬过多少高山，征服过多少高山！听听这些山的名称吧：二郎山、折多山、雀儿山、矮拉、宗拉、格拉、甲皮拉、达玛拉、年拉、郎拉、业拉、安鸠拉等等，在他们的脚下，一座一座地过去了，难道最后一座山，能够挡住筑路英雄吗？

早在部队动工以前，在山上遮天蔽日的原始森林里，在长满苔藓的崖石上，在水深及膝的泥沼里，早就踏上了测量工人和工程师的脚印。

"保证今年年底将公路通到拉萨！"全体筑路员工曾经向祖国人民和毛主席做过这样庄严的承诺。他们心底里都明白，要践行自己的诺言，就得事先排除前进路上的障碍。

而现在，全线剩下的主要障碍，就是色季拉这座最后的大山。

筑路队的人都清楚，雪线上的高山，当冬天降临的时候，泥土就会冻结得像坚石一样。所以必须在冻土以前，将公路通过山顶。

人民解放军某师和数千工人承担起了这一艰巨的

任务。

9月中旬，打通最后一座山的工程开始了，爆破声、锤打钢钎声、电锯伐木声、崖石滚下山谷发出的巨响，夹杂着万顷松涛声，奏成了大森林的交响曲。这荡漾在深山峡谷中的旋律，也就是建设西藏高原的前进曲。

白色的帐篷，一层一层地，顺着山的坡度，点缀在松林间。缕缕炊烟，透过树梢，凝成了天蓝色的长带；走进工兵某营的营房，那回廊、拱门、俱乐部和宿舍，都是用松枝编成的。

战士们是这样会适应大自然，同时又是这样会征服大自然。

筑路的工人和战士，都是背着帐篷、粮食、工具和行李爬上高山的。不要以为那架设帐篷的斜坡还没有首都的景山那么高。一般人爬上那斜坡，就得走几步，歇一阵，喘喘气。然而他们到了工地，每天都得上坡下坡，都得锤打钢钎，搬运土石。

他们却说："这种生活，早已习惯了。"

可是习惯于负重爬山，习惯于高原上筑路，凭借什么呢？

那就是让筑路者们足以自豪的——坚忍的毅力和建设康藏的决心，也只有具备了这些，才能越过重重高山，将公路铺到拉萨。

工人和战士，用自己的手，在短短的时间内，在没有路的地方开出一条路来。

大树挡住了路，砍掉它；崖石挡住了路，炸掉它；泥沼挡住了路，挖出一条沟槽，用树干和块石填平它。在缺少铁锹、钢镐的连队里，他们就想办法用木料来代替。

战士们说，有了决心和毅力，山再高，也会开辟出路来的。

某团九连的老战士们，是以开凿石方著称的。他们是打通二郎山的好汉。

那时候，这个连队里的指导员是孟庆尧。

孟庆尧叙述筑路的经过时说：

"那时候，我们初次踏进康藏高原的大门，在二郎山修路。在高原上，炊事员煮不熟饭。战士们不会铺路面，不会砌涵洞和护坡。挖水沟，不是太宽，就是太窄。"

"经过雀儿山、矮拉、甲皮拉、怒江西岸等艰巨工程，大家懂得了怎样筑路，懂得了怎样提高开凿石方的进度。而炊事员，即使在严寒的雪线上，也能想出办法，炒出又白又嫩的豆芽来。"

……

孟庆尧从第一座山说到最后一座山，从战士们不会筑路说到怎样学会筑路。

孟庆尧最后还谦虚地说："这些就是我们的经历。这算不得什么。不过，有了公路，变化是大的。"

筑路部队发现，坐落在色季拉西麓的林芝山村，风景虽然优美，地势却不够开阔，容不下那么多等待前去与西线筑路军民会师的人马和车辆。

于是人们自然而然地又沿着尼洋河向西移了大约18公里。

部队到了那里，发现那是一大片河滩地，三面环山，西通拉萨，北临村庄，南流一河。既有取之不尽的林木，又有用之不竭的江水。这块高原上的平原，像是群山中的玉盘，一见就知道是一个可以久居的好地方。

人们纷纷往这里聚集了，草地上搭起了各式各样的帐篷，开来了满载货物的汽车，大大小小的木板棚写上着贸易公司、新华书店、邮局、银行等字样。

部队、技工、藏胞、商贩以及远来的客人，越聚越多，熙熙攘攘，每天都是前所未有的节日。

所谓远来的客人，主要有三批：

一批是由陈斐琴部长率领的西南军区及所属各省军区的作家、诗人、艺术家们，其中有苏策、徐怀中、李南力、周良沛等。

一批是各地各类记者们。

还有一批就是解放军电影制片厂《通向拉萨的幸福道路》的庞大的摄制组了。

1954年11月27日上午，公路修到了林芝以西100公里的工布江达的巴河，在巴河上搭建了一座小木桥。

成千上万的军民高举着各式各样的筑路工具，欢呼着，跳跃着，奔跑着，从东西两面涌向那座小木桥。

东西两线的筑路大军在这里胜利会师了！

穰明德指挥架设拉萨大桥

1954年12月初,康藏公路修建司令部提前1个月实现了1954年年底通车拉萨的保证,正好有时间在拉萨河上抢修出一座大桥。

冬日,拉萨郊野分外宁静。白杨红柳脱去了绿色的外衣,赤条条地点缀在山麓里。

拉萨河上,干涸的河滩平铺着黄沙和卵石。一泓碧绿的河水,缓缓地向雅鲁藏布江流去,轻巧的牛皮船在水上来回穿梭。

雁群在高空飞翔,不时发出悠长的鸣声。没有人惊扰过的黄鸭,泰然自若地栖息在浅水边,享受着和煦的阳光。

预定在拉萨举行的通车典礼,是从四川向西进入拉萨的康藏公路和从青海向南进入拉萨的青藏公路同时通车的典礼。

康藏公路修建司令部讨论认为,虽然康藏公路东西两线筑路大军会师巴河,意味着康藏公路已经全线修通,但是通车典礼还得推后28天才能举行。因为这两条公路上的汽车要开到布达拉宫前,南面的拉萨河上还缺一座桥梁,北面的羊八井石峡还没有打通。

南桥北峡这两个"拦路虎",都还需要筑路部队在南北两条战线上进行最后的突击。

12月3日，修建大桥的工程开工。

穰明德部长亲自指挥，甘城道工程师和第一桥工队队长王开棣负责实施。

汽车大队将架桥所需的各种物资运到南岸，藏族民工从200公里外扛来木料，拉萨市民纷纷前来参观、慰问。

拉萨市多少人来到桥头，多少双眼盯着桥头。

服装华丽的妇女，在河岸上溜达，两手不停地编织毛衣。她们一会儿挤到人群里，向对岸瞧瞧，一会儿又停下来，向水面东指西画。

垂着长辫的藏族老人，带着他的孙女儿，后面跟着一家人，缓缓地从城里出来，把轻便的帆布椅安置在岸边。老人拿出一架望远镜，向对岸望过一阵，又递给他的儿子和媳妇。他们从正午坐到傍晚，口渴了，揭开热水瓶喝一杯酥油茶，饿了，拿出饼干来，痛快地吃一顿。

披着袈裟的喇嘛们，三五成群地走出寺院，来到河边，他们看看还在架设的大桥，又回过头来，望着巍峨的布达拉宫。

拉萨市的小学生们，连蹦带跳地跑过来，他们在人群里钻来钻去。他们一会儿指着那伸出来巨臂的打桩机，一会儿指着那吐出青烟的推土机，高兴得像一群小牦牛。

有不少藏胞急着询问："大桥让不让我们走？让不让牦牛过？"当他们得到肯定的答复时，高兴得连连行礼。

起重工廖金山，戴着一顶黑色的皮帽，穿着一件蓝布面子的皮大衣，成天在工作台上，指挥工人打桩。

廖金山一会儿看看桩插到河底的深度，一会儿看看桩是不是打得很直。

碰到打桩有问题，廖金山就操着河南口音，随时提醒工人。

廖金山曾经要求上夜班，桥工队队长周长发、指导员韩瑄都说："老廖，注意你的身体吧！决定性的工作还在最后几天哩！"

桥桩打好了，架桥最紧张的日子临近了。

修建司令部的指挥员们，都日夜轮流地在工地上亲临指挥。

沉重的钢架，利用绞车、钢索，一节一节地，缓缓地从两岸的桥基向中心架移过去。

吴春涛、廖金山、魏延仁分别扬着红旗和黄旗，站在离水面两丈多高的钢梁上指挥。

河岸上拥挤的人群，目不转睛地注视着钢架的移动。

钢架架好了，横梁纵梁架好了，桥面板铺好了，指挥员、工程师、工人们经过仅仅 17 个昼夜的艰苦奋战，就在拉萨河上架起了长达 137 米的钢铁大桥。

拉萨大桥是康藏公路上最后的也是最长的一座桥梁。

河岸上响起了欢呼声，人们看着载重汽车一辆一辆地通过大桥，开进拉萨市区。

人们争着挤上大桥，在桥上走过来，走过去，看看桥身，看看河底。

傍晚，斜阳照在桥头，新建的桥和壮丽的布达拉宫遥相辉映。

至此，康藏公路才算是真正修成，全线通车了。据统计，工程共完成土石方作业2900多万立方米，架设大小桥梁597座，涵洞2860个。

四、全线通车运营

- 刘伯承、贺龙在嘉奖电中说："康藏公路通车昌都，为今后康藏交通建设工作奠定了良好的基础，对于国防建设、发展西藏经济及民族团结，均有显著的贡献。"

- 西南军政委员会副主席兼民族事务委员会主任委员王维舟在康藏公路通车贺电中说："康藏公路通车，不仅改变了历史上康藏地区交通阻塞的情况，成为藏族人民发展生产，繁荣经济的一条主要动脉。同时更有利于各族人民的经济合作与文化交流，使民族团结更加巩固和亲密。"

- 毛泽东为康藏、青藏两条公路题词："庆贺康藏、青藏两公路的通车，巩固各民族人民的团结，建设祖国！"

康藏公路胜利修到拉萨

1954年11月底,康藏公路东段、西段全线贯通。

东段工程从1950年开工,西段工程也在1952年夏天动工。

1954年12月25日,世界屋脊上的古城拉萨,终于迎来了举行"康藏、青藏公路通车典礼大会"的时刻。

这一天,日光城的阳光格外明亮。布达拉宫前的广场上坐满了部队、藏胞等各界代表,共有3万多人。

从康藏、青藏两条公路开来的350多辆汽车缓缓进入布达拉宫前的广场,送来了筑路的功臣、模范和战士、技工、民工的代表。

两路大军会合了,人们热烈欢呼,大家紧紧地拥抱,亲切地握手。到处都是飞舞的哈达,挥动的彩花。广场上飘荡着雄壮的乐曲声,人们跳起了欢乐的舞蹈,唱响嘹亮的歌曲。这一切都和激动的热泪交织着,融合着,激荡着。

10时40分和13时15分,康藏公路和青藏公路分别剪彩。走到彩门前参加剪彩的有张国华、陈明义、穰明德、慕生忠、噶章·罗桑仁增等。

张国华在音乐和鞭炮声中,先后剪落横在康藏、青藏两条公路上的彩绸。

车队徐徐穿过高耸的彩色牌坊,开向欢腾的人群。

汽车上的筑路负责干部、功臣模范们和欢迎的群众互相招手致意。

鼓掌声、欢呼声和歌唱声响成一片，同时鞭炮齐鸣，文艺队伍翩翩起舞，人们纷纷向彩车上的毛泽东像和筑路负责干部、功臣模范敬献哈达和花束。雪白的哈达、鲜红的花束和彩色纸片，把汽车装饰得五彩缤纷。

拉萨三大寺喇嘛的乐队、藏族青年的歌舞队和西藏民间剧团的艺人们，都表演着他们最精彩的节目，欢迎汽车的到来。

打扮得像花朵一样的几十个藏族儿童，爬上汽车把花献给筑路的功臣模范们。

谭冠三、张国华、王一帆、朵噶·彭措饶杰、噶章·罗桑仁增、台吉·德来绕登、丹嘉、夏扎·甘登班觉等各方面的代表人物，先后在通车典礼大会上讲话。

全国政协、全国人大民委、国家民委、交通部等单位和达赖喇嘛、班禅额尔德尼向大会发来贺电。

西南地区政府和军队首长发出电报，祝贺康藏公路通车昌都，并嘉奖参加筑路工程的军工和民工。

西南军政委员会刘伯承主席和中国人民解放军西南军区贺龙司令员在嘉奖电中说：

> 康藏公路通车昌都，为今后康藏交通建设工作奠定了良好的基础，对于国防建设、发展西藏经济及民族团结，均有显著的贡献。

康藏公路翻越了二郎山、折多山、雀儿山、独木岭、矮拉、雪奇拉、宗义拉、格拉、甲皮拉、达玛拉、业拉等大小山岭。跨越了羌江、大渡河、鲜水河、雅砻江、金沙江等大小江河。穿越了觉雍草原、邦达草原、安错湖森林、波密森林等森林，还有冰川泥石流地带。

康藏公路的修筑与全线通车震惊了中外，这是发生在世界屋脊上的奇迹。在人类公路史上，占了"五个最"，最高、最险、最长、工程量最大、修建速度最快。

西南军政委员会副主席兼民族事务委员会主任委员王维舟在康藏公路通车贺电中说：

> 康藏公路通车，不仅改变了历史上康藏地区交通阻塞的情况，成为藏族人民发展生产，繁荣经济的一条主要动脉。同时更有利于各族人民的经济合作与文化交流，使民族团结更加巩固和亲密。

西康省的省会雅安也同时举行了庆祝大会。

1955年10月1日，中央宣布撤销西康省，雅安并入四川省，康藏公路即改为川藏公路。

康藏公路改为川藏公路后，以成都为起点，拉萨为终点，全长2416公里。其中，四川境内有1112公里，西藏境内有1304公里。

毛泽东授予筑路人员锦旗

1955年2月2日上午,毛泽东授予康藏、青藏两条公路筑路人员锦旗。典礼大会在拉萨布达拉宫前人民广场隆重举行。

锦旗上是毛泽东为康藏、青藏两条公路的题词:

庆贺康藏、青藏两公路的通车,巩固各民族人民的团结,建设祖国!

西藏军区司令员张国华、政治委员谭冠三,西康省人民委员会慰问康藏、青藏公路筑路人员代表阿旺嘉措,西藏地方政府筑路委员会代理主任桑颇,西藏地方政府官员,西藏军区驻拉萨部队和机关工作人员,修筑康藏、青藏公路的职工等共3000多人参加了大会。

张国华代表毛泽东主席授锦旗。康藏公路修建司令部司令员陈明义代表全体筑路人员接受了锦旗。

这时乐队齐奏,全场鼓掌欢呼,感谢毛泽东主席及党中央对西藏人民的关怀!

陈明义在会上说:

我们衷心感谢毛主席的关怀,西藏军区全

体指战员和全体筑路职工，要切实遵循毛主席的指示，和藏族人民团结一起，努力建设祖国边疆，并继续做好康藏公路的改善和养护工作。

西康省人民委员会慰问代表阿旺嘉措在授旗典礼大会上，同时向康藏、青藏公路筑路人员进行慰问，并向西藏军区和康藏、青藏公路筑路领导机关赠旗。

社会各界著文赞通车

1954年12月25日，康藏公路胜利通车。

在当日和接下来的几天中，党和国家及地方领导人和社会各界知名人士，都纷纷著文论述和赞颂这一发生在新中国"世界屋脊"上的震惊中外的伟大奇迹。

贺龙以十分激动的心情写下了《帮助藏族人民长期建设西藏》的文章。

他写道：

> 修筑在世界屋脊上的康藏公路和青藏公路，同时胜利地通车了。这样气魄雄伟、艰巨而浩大的工程，在我国历史上是亘古未有的创举，在世界也是罕有的奇迹。从此，祖国的心脏北京与遥远的康藏高原更加紧密地连接起来了，该使我们如何的兴奋和自豪！

中央驻西藏代表张经武怀着兴奋与自豪撰文《康藏公路》。

他写道：

> 建设西藏，巩固国防，首先需要建设交通，

以便把祖国内地和西藏地方的政治、经济、文化密切地联结在一起……康藏公路胜利地建成，将更进一步地加强各民族的团结，特别是汉藏民族之间的团结，把祖国内地和西藏边疆政治力量和经济力量结成为一个整体。我们热烈地祝贺康藏公路的建成，期望它发挥巨大的作用，永远勇敢地担当起建设西藏，巩固国防的光荣任务，并获得完满的胜利！

达赖喇嘛在北京发表《祝贺康藏、青藏两公路通车》，遥致他的欢迎与祝贺。

他写道：

我完全相信，康藏、青藏两条公路通车后，将使西藏与祖国内地的联系更加密切，汉藏兄弟民族的团结更加加强，从而对发展西藏的经济、文化等建设事业将带来更大的力量。因此，西藏的全体僧俗人民必须更进一步认识和相信共产党、毛主席的正确领导，为加强与各兄弟民族的团结，建设繁荣幸福的新西藏而奋斗！

班禅额尔德尼·确吉坚赞也欣然提笔写下《藏族人民的又一大喜事》，表达他对康藏公路通车的激动心情。

他写道：

我们藏族人民对这样的帮助是非常需要的，是我们要想由穷走到富、由落后走到先进所决不可缺少的……这两条公路都是在中国共产党、毛主席和各兄弟民族，尤其是汉民族的亲切帮助下，英勇的筑路人民解放军和工程技术人员们、汉藏民工们，历尽艰险、共同以忘我的劳动修出来的……随着这两条公路的通车，西藏的面貌会日新月异……总之，这两条公路给我们带来的好处是说不完的。

西藏军区司令员张国华在他的《在胜利的基础上继续前进》一文中说：

今后随着两大公路干线的通车，摆在我们面前的建设任务将更为艰苦和繁重。我们必须在现有的胜利基础上，更好地加强民族团结，忠实地执行和平协议，学习筑路部队的艰苦奋斗、战胜自然的精神，发扬爱国主义的精神，全心全意为人民服务，为祖国社会主义建设、为建设祖国边疆，为建设新西藏而奋斗到底。

中国人民解放军第十八军后方部队司令员、康藏公路修建司令部司令员陈明义怀着自豪与欣慰撰写了《我们把康藏公路修到了拉萨》，在文中他同时指出：

> 康藏公路全线修通了，它给建设祖国的边疆，促进西藏地方经济、文化的发展，提供了有利条件。但这只是建设的开始，今后还有更多的事需要我们来做。我们一定要戒骄戒躁，在中国共产党、中央人民政府和毛主席的领导下，忠实执行党的民族政策，进一步加强和西藏人民的团结，为建设祖国边疆，为建设繁荣幸福的新西藏而继续努力！

另外，撰文祝贺和纪念这段开拓边疆创业史的，还有章伯钧、潘琪、穰明德、慕生忠、范明、桑吉悦希、喜饶嘉措、夏格刀登、阿旺嘉措、格桑旺堆、邦达多吉等。

本书主要参考资料

《国史全鉴》 本书编委会编 团结出版社

《共和国五十年珍贵档案》 中央档案馆编 中国档案出版社

《中国现代史资料选辑》 彭明主编 中国人民大学出版社

《铁道兵回忆史料》 中国人民解放军历史资料丛书编审委员会编 解放军出版社

《三线建设铸造丰碑》 王春才主编 四川人民出版社

《铁道兵不了情》 宋绍明主编 解放军文艺出版社

《纪念川藏、青藏公路通车三十周年文献集》 纪念川藏青藏公路通车三十周年筹委会办公室、西藏自治区交通厅文献组编 西藏人民出版社

《西藏革命史》 中共西藏自治区党史资料征集委员会编 西藏人民出版社

《川藏公路西藏境内典型病害防治技术》 朱汉华等编著 人民交通出版社

《康藏公路纪行》 谢蔚明著 上海出版公司

《修筑川藏公路亲历记》 高平著 中国藏学出版社